廃墟建築士

三崎亜記

目次

廃墟建築士

七階闘争

発端は、六月に起こった殺人事件だった。

マンションの一室で、生後間もない赤ん坊を残して主婦が惨殺されるという痛ましい事件で、犯人は未《いま》だに捕まっていない。

その次は飛び降り自殺。八月の終わりに、学校でのいじめを苦にしていた中学生が、二学期が始まることで厭世的《えんせいてき》になったのか、自宅マンションのベランダから飛び降り、短い命を散らした。

そして九月には、火遊びが発端となった火事で、留守番をしていた幼い兄弟が犠牲となり、続いて独居老人が、死後半年を経過した腐乱死体となって発見された。

もちろんそれほど大きな街ではないので、人の命に関わる事件が起きれば、「この街も物騒になったね」などと話題にはなる。だがどんな事件でも、数日も経てば、「そういえば、そんな事もあったね」へと変わり、会話に上ることもなくなってしまう。

起きたと同時に、風化することを宿命づけられていたかのような出来事たちだった。

それらの事件には、何の関連性もない。事件の種類は言うに及ばず、場所もばらばらだし、発生時刻もまちまちだ。

だが、一つだけ共通している点があった。それは、全てビルの七階で起こったという点だった。

もちろん私は自分で気付いたわけではない。犯罪や事件が近所で起きたと知れば興味はわくが、何階で起きたのかなどいちいち気にすることはないし、きちんと記憶している人もいないだろう。

だが、一連の事件は、「この街の七階で起こった」という共通項でくくられてしまったのだ。

最初に聞いたのは誰からだったろう。雑談の中で話題に上ったか、噂話《うわさばなし》が耳に入ったか、はっきりとは覚えていない。いずれにしろ、私も周囲の人々も誰もが、事件が「七階で起こった」という事実を、いつのまにか知っていたのだ。

◇

その日、いつも通り仕事を終え帰宅した私は、着替えをしながら、テレビの音声だけを聴くともなく聴いていた。

「近頃、巷《ちまた》で噂になっている通り、六月の主婦殺人事件に始まり、八月の中学生の自殺、九月の火災、老人の孤独死と、七階における大きな事件が連続しております」

テレビで喋《しゃべ》ることを生業《なりわい》にしているとは思えぬ訥々《とつとつ》とした語り口と内容とが気になり、ネクタイを緩めながら、顔だけを画面に向けた。

近所の商店主にでもいそうな風貌の男性が、原稿らしき紙に視線を落とし、たどたどしく読み上げていた。どうやら放送されているのは、この街の議会中継の再放送のようだった。

このマンションには有線放送が配信されており、番組の一つに、街の出来事や市役所からのお知らせを流す情報チャンネルがあった。普段は見ることもないのだが、会社の同僚から、娘が通う保育園の運動会のニュースを録画してほしいと頼まれていたので、チャンネルがそのままだったのだ。

議員の顔など一人も知らないし、実際のところ、街の政治的な問題について興味を持ったこともなかった。だが、その発言が引っかかり、画面に見入った。

「……事件の温床となった七階という階を放置し、問題を先送りしてきた責任は重大であると言わざるを得ません。激増する七階での事件について、どう対処するおつもりか？　市長、お答えいただきたい」

原稿を読み終えた男は、言ってやったぞ、とばかりに鼻息荒く市長を一瞥《いちべつ》し、降壇した。

——一体何を言っているんだ？

いくら七階での事件が連続したからといって、それが七階のせいだなどということがあるはずがないではないか。議員とはいっても、市議会議員くらいだと、ピントの外れた質問をする輩《やから》がいるものだ。

どんな回答がなされるのかと興味が湧き、テレビの前に座りこんだ。

議長が、回答者として市長を指名し、私でも顔くらいは知っている女性市長が登壇した。彼女は幾分緊張した面持ちで、やはり用意された答弁書を読み上げた。

「え……、六月以降、本市における七階での人口当たり事件・事故の発生率は、全国平均の実に二・五倍という極めて高い値で推移しております。野村《のむら》議員が憂慮されております通り、七階の存在が本市の事件・事故の発生率を押し上げていることは明らかであります。よって、早急《さっきゅう》に本市の全七階について再調査を実施し、その結果を受け、可及的速やかに、すべての七階を撤去する方向で検討いたしたく、全力を尽くす所存で、あります」

市長は、「あります」の部分で初めて原稿から視線を上げ、「野村議員」に顔を向けた。

回答に納得したのか、議員側からの重ねての質問はなく、議会は次の議題、「覆面着用の自由化に伴う支援策について」に移っていった。

「七階の撤去だって？」

置き去りにされた気分で、思わず画面に向かって聞き返す。もちろん議員でもない私の画面越しの疑問には、誰も答えてくれなかった。

市長の言葉が、何を意味しているのかはわからなかった。だが、それは私の生活に影響を及ぼす内容のように思えた。

私もまた、マンションの七階に住んでいるのだから。

◇

一月《ひとつき》ほど経っただろうか。帰宅した私が、夕食でも作ろうかと冷蔵庫を覗《のぞ》き込んでいると、玄関のチャイムが鳴った。扉を開けると、背広を着た二人の男性が立っていた。

風采の上がらぬ中年男性と、朴訥《ぼくとつ》な様子の若い男性で、お揃《そろ》いとも思える似通った濃紺の背広を着てぎこちなくお辞儀をした。セールスマンにしては、お世辞にも営業成績が上がりそうなタイプではなかった。

「市役所から参りましたが、少しお時間を頂いてもよろしいでしょうか？」

「は、はあ……」

何を目的としての訪問か見当がつかぬまま、とりあえず部屋に上がってもらった。

ソファに案内すると、二人は恐縮した様子を殊更に強調しながら座った。中年男性が、部屋の中を見渡しながら切り出す。

「こちらにお住まいになって何年になりますか？」

「え？　ああ、もうすぐ六年になるかな」

少し考えて答える。男性は、その年数に複雑な表情を浮かべた。

「六年ですか。長くお住まいですなあ。それでは、この部屋には愛着がおありでしょうなあ」

無理やりに親しみを込めようとする口調に、私は違和感を持った。

「いえ、愛着があってというより、単に引越しが面倒だったというだけで……。あの、今日は何の御用で？」

男性は、「ええ、実は」と言いながら、少し身を乗り出した。

「広報紙などでご存知かとは思いますが、このたび、度重なる事件・事故の根本原因を断ち切るべく、この街から七階を撤去することになりました。それで今回、七階にお住まいの皆様に事情を説明するために、こうしてお伺《うかが》いしているところでございまして」

彼の言葉を理解するのに、少し時間がかかった。

「七階を、撤去する？」

「はい」

二人の職員は、反応を確認しようとするように私を見つめた。私はようやく、議会中継を思い出した。

市長の議会での発言により、市として「七階撤去」に取り組むことが決定され、こうして職員が該当者に話しに来た、というわけなのだろう。

「突然そんなことを言われても、困ってしまうな」

考えがまとまらないまま、とりあえずそう言ってみた。

「お腹立ちはごもっともでございます。六年もお住まいになった部屋を撤去すると言われれば、それは当然のことでございましょう。我々としましても、可能な限りの配慮はさせていただきたく思っておりますので、なにとぞ、ご協力いただきますよう、お願いいたします」

二人揃って、ぎこちなく頭を下げる。

「配慮するというと、具体的には？」

中年男性が目で促し、若い男性は少し慌てた様子でかばんの中を探った。

「現在七階にお住まいの皆様には、基本的に同じマンション内の別の階の、同じ条件の部屋に転居していただくことになります。こちらのマンションですと……」

説明しながら、手元の資料をめくる。

「幸い、十階にまったく同じ間取りの部屋の空きがございます。もし、転居をご了承いただけるようでしたら、ご準備が整い次第、そちらにお移りいただくことになります」

「もちろん、転居に関わる費用はすべて市の方で負担いたしますし、専門の業者に任せますので、朝、仕事に行かれて帰られるまでには、転居を完了させる形になります」

畳み掛けるように、年嵩《としかさ》の男性が言葉を添える。

「なるほど」

寝耳に水ではあったが、そう悪い話でもなかった。

この部屋は気に入っていたし、突然他の階に移れと言われるのは納得いかない部分もあったが、特段、七階という階にこだわりがあるわけでもなかった。費用がかからないとなれば、階が変わるのもいい気分転換になるだろう。夜景が一段と綺麗《きれい》に見えるようになるだろうとの期待もあった。

とはいえ、すぐに結論を出せるような話でもない。私はまだ、七階を撤去するという言葉が何を表すのかが、うまく理解できていなかったのだ。

「少し、考えさせてもらえますか？」

「それはもう」

私の表情に解決に至る道筋を見出したのか、二人の職員は心なしか安堵《あんど》した様子だった。

「ところで、七階を撤去するってことだったけど、七階だけを撤去して、上の階は残すってことなのかな？」

「左様でございます」

「その間の階は？」

「存在しなくなります」

「じゃあ、六階の上がいきなり八階になるってことですか？」

「はい、そのような形になります」

感情の起伏も少なく、男たちは淡々と返事をした。

「それはおかしくないですか。たとえ七階を撤去しても、六階の上にある階は八階ではなく七階と呼ばれるはずでしょう？」

「はあ、まあ、そういった考え方もございますが……」

歯切れの悪い口ぶりで語尾を濁す。どうやら彼ら市役所の人間にしても、あまり納得してやっている事業ではないようだった。

「何にしろ、もうしばらく考えさせてもらえますか」

「なるべく早めにご決断いただきますよう、お願いいたします」

相変わらずのぎこちなさで、揃って頭を下げた。

◇

職員を見送り、ベランダに立ってみる。大きな建物もないので、七階からでも結構遠くまで見渡せる。街の規模に応じて、夜景もささやかなものではあったが。

周囲には、十階建てほどのマンションがいくつかあり、私は、同じ高さにある部屋の明かりを、何ということもなく見つめた。

まったく無関係に暮らしている見知らぬ誰かと、「七階に住んでいる」という共通項でくくられ、改めて同じ階に住む人々に思いを馳《は》せる。だからといって、「七階に住む仲間」といったような、同志的な感情が芽生えてくるわけもなかった。

確かに人の命に関わる事件が連続していたが、それが全部七階で起こったからといって、七階を無くせば解決すると考えるのは、あまりにも短絡的過ぎるように思えた。

――呪《のろ》われた七階、か……

揶揄《やゆ》する意味も込めて心中で呟《つぶや》き、部屋の中に戻った。再び夕食の支度に取り掛かる。すっかり遅くなってしまったので、手の込んだ料理を作る気にもなれず、適当に肉と野菜を炒《いた》めることにした。

ニンニクのスライスを油で炒め、香ばしい匂いが立ち昇りだしたフライパンで、肉を焼く。

――そういえば、彼女も七階だったな――

並川《なみかわ》さんの顔が思い浮かぶ。取引先の会社に勤める彼女とは、二社で共同プロジェクトが立ち上げられた際に、一緒に仕事をしたことがある。企画終了後の打ち上げの席で偶然隣り合い、酒を飲みながらの雑談の中で、マンションの七階に住んでいると言っていたのを思い出したのだ。

――並川さんは、どうするのかな？

実のところ、少し気になる女性ではあったので、これを機に話しかけるチャンスが生まれることを、私は密《ひそ》かに喜んでいた。

◇

並川さんは、姿勢がいい。

私はパソコンに向かう作業ではつい背中を丸めがちで同僚にからかわれているので、彼女に話しかける前には、いつも見とれてしまう。

その姿は、事務作業をしているというより、何かもっと崇高な理想に向かってシステムを構築しているようにも見える。私の中にはいつも、彼女に近づきたいと思う気持ちと、近づくことを畏《おそ》れる気持ちとが同居していた。

並川さんは私に気付いて、作業の手を止めた。ピアニストが演奏の手を休めたかのような、優雅な仕草だ。眼鏡の奥の瞳に柔らかな光が宿る。

「並川さん、確か、住まいは七階だったよね？」

「ええ、森崎《もりさき》さんと同じ、七階ですよ」

以前の会話を覚えていてくれた。そして、私が言わんとすることも察しているようだった。

「市役所から、転居の交渉に来なかった？」

「ええ、話も聞かずに追い返しましたけど」

物静かな雰囲気の彼女らしくない強い調子に、私は少し面食らった。

「追い返した？」

「当然でしょう？」

「ま……、まあ、いきなり来て、七階から出て行けなんて言われたら、頭にくるけどね」

会話をかみ合わせようと、そんな言い方になる。

「だって、他の階ならいざ知らず、よりによって七階を撤去するだなんて、そんな不見識も甚だしいやり方に、賛同できるわけないじゃないですか？」

同意を求める語尾に、私はあいまいに頷《うなず》いた。どうやら彼女が反対しているのは、私が思っているような意味とは違うようだった。

あ、そうだ、と言いながら彼女は引き出しを開け、一枚のチラシを私に手渡した。

「森崎さんも、ぜひ参加してください」

チラシの文面には見慣れない言葉が躍っていた。

――七階護持闘争　10・25決起集会――

◇

会場となった貸し会議室のあるビルの前で、並川さんと待ち合わせた。先に来ていた彼女は、相変わらずの姿勢の良さで立ち、私に気付いて小さく手を振った。

「ごめん、待ったかい？」

「いえ、今来たところです。じゃあ、入りましょうか」

並川さんと会えるのは心弾むことだった。できれば食事や映画など別の目的が望ましかったが、それでも仕事以外での接点ができるのは嬉《うれ》しかった。

――それにしても……

エレベーターで会場に向かいながら、手にしたチラシに視線を落とす。そこには「徹底抗戦で七階を死守せよ！」という激烈な文言が並んでいた。

私はこの集会を、どういう団体がどんな意図のもとで開こうとしているのかもつかめないまま、彼女の誘いに従って参加することになったのだ。

会場は、雑居ビルの七階だった。七階を守る運動はやはり七階で始めなければならないとでもいうかのようだ。

　空きオフィスを転用したらしい会議室は、後方に机が積み上げられ、雑然とした印象だった。折りたたみ椅子が並べられ、三十人ほどの参加者が座って開会の時を待っていた。主催者側らしき五人ほどが、参加者に対する形で置かれた席についている。

「結構、集まっていますね」

「みんなこの街の七階に住んでいる人たちなのかな？」

　前から三番目の列に並んで座りながら、私は周囲を見渡した。

「全国七階協議会の支援メンバーも来てくれているみたいですね」

「え？」

　聞き返したが、彼女は受付で配布された資料を熱心に読み始め、返事をしようとしなかった。

◇

　開始時間となり、主催者側のリーダーらしき男性が壇上に立った。

「七階にお住まいの皆様。ようこそお集まりいただきました。私たちは、本日の決起集会を主催し、皆様が七階に住む権利を守り抜くための運動を支援する組織、全国七階協議会のメンバーです。よろしくお願いいたします」

演説慣れてはいるが、こなれたプレゼンをする会社員風でもなく、説明が習慣化した教師風でもない。住民運動に携わる人間に特有の喋り口と、マイクの持ち方だった。

それにしても、「七階を守る」という極めて限定された趣旨でつくられた組織があることは、私にとっては驚きだった。だが、少なくとも並川さんは知っていたようだし、周囲の参加者も戸惑う様子もない。

もしかすると、「七階」という階は、思っていた以上に特別な階なのだろうか。何も考えずに住んでいることに、かすかな罪悪感すら覚えてしまう。

私の戸惑いをよそに、壇上の男は話し続けた。

「まずは戦いを始めるにあたって、七階の置かれた現状についてご確認いただきましょう。現在この街に、七階のある建物は二百棟ほど存在します」

スクリーンに内訳が映し出される。

マンション（分譲）	38
マンション（賃貸）	73
商業ビル	52
公共施設	25

そんな風に「七階」という共通項でくくられ、意識づけられたのは初めてのことだった。もちろんその数値には何の意味もない。だが周囲の人々は、何か重大な特徴を読み取ったかのように頷き、指差しては小声で確認し合っていた。並川さんは、哲学的な真理でも記されているかのように、数字に真剣な眼差しを向けている。その横顔を見つめながら、私の孤立感はいっそう強まった。

男性は話しながら、参加者一人ひとりと視線を合わせていった。くせ毛の髪と、鋭さは無いが力の強い眼とが、痩《や》せた体形と相まって、彼のくせの強さを表しているようだった。

「市の方針では、七階をすべて撤去した後は、本来七階のあるべき場所に八階を持ってくるということですが」

感情の共有を促すように会場を眺め渡し、やれやれと肩をすくめる。

「独自性、純粋性ある七階の代わりが、八階ごときに務まるとでも考えているのでしょうか。まったく、話になりませんね」

同意を表すざわめきが広がる。並川さんが意を強くしたというように、深く頷いた。

「新しい階を造るという試みは、長い間、神に取って代わる創造行為として禁じられてきました。しかしながら、未知なる階を創り出したいという抑えがたき建築家の夢と情熱は、思想によっても、宗教によっても、政治によっても妨げられることなく、新階創造へのあくなき挑戦は続いてきたのです」

私にとっては不可解な、「七階の誕生秘話」が語られだす。

「七階、という階がこの世界に誕生して、実に一千年近い歳月が経っています。比較的早い段階で造られた八階や五階、十二階などに遅れること、実に二百年近い歳月が費やされたのです。ですがこのことは、七階の後進性を表すものではありません。むしろ七階の希少性、特殊性を示すものと考えていいでしょう」

七階より先に、八階や十二階が存在していたとはどういう意味だろう？　当然の疑問だと思えたが、参加者たちからそんな声が上がることはなかった。並川さんにいたっては、当時の建築家たちの情熱にあてられたかのように、上気した表情で聞き入っていた。

私の当惑を置き去りにして、会はスケジュールどおりに進んでいった。主催者側から、市役所の今後の動きの予測が示され、転居交渉を引き延ばすにあたってのノウハウが伝授された。

並川さんは熱心にメモを取り、何度か質問の声すら上げた。仕事では垣間見たことのない姿が、私を戸惑わせた。

会は、今後反対運動を活発化させることを宣言して、お開きとなった。

「今日を、この街における七階護持闘争の出発点とし、以後、積極的な撤去反対運動の端緒とすべく、立ち上がろうではありませんか！」

高らかに七階護持を謳《うた》い上げる言葉に、会場からは大きな拍手が湧いた。

「質問、よろしいでしょうか？」

後方から声が上がる。今までの発言者たちとは違う雰囲気を感じて、私は振り返った。

「甲山《こうやま》町のマンションの七階に住む江本《えもと》と申します」

四十代半ばほどだろうか。仕事帰りに訪れたらしく、作業服の上着を着た彼は、声の印象通りの落ち着いた風貌だった。

「先ほどから話を聞いていますと、あまりにも対決姿勢を押し出しすぎているように感じます。市役所がどんな形で七階撤去を進めるかはわかりませんが、まずは、市側と話し合うことから始めてもいいのではないでしょうか？」

至極真っ当な意見に思えた。だが周囲の参加者は、場の雰囲気をわきまえぬ発言というように、あからさまなため息を漏らした。

「これは戦争です」

壇上の男が断定的な口調で告げる。感情を差し挟む余地はないとでもいうかのように。

「市役所が話し合いに応じるとしたら、それはあくまで転居の補償金や移転時期の交渉だけです。撤去するという前提は崩れない。七階を攻撃目標としたミサイルのスイッチは、既に押されているのですよ」

「しかし、相手の意図が明確でない以上、闇雲にこちらが戦闘的になるというのはいかがなものでしょうか」

江本という男性は、冷静さを保って言葉を重ねる。壇上の男は、ミネラルウォーターの栓を開けて神経質そうな手つきでコップに注ぐと、一口だけ含んだ。

「それではあなたは、例えば他の国がこの国に戦争を挑んで来たとして、相手の意図がわからないからといって、されるがままになりますか？」

「それは……」

口ごもる江本さんに、壇上の男は嵩《かさ》にかかって畳み掛けた。

「そうでしょう？　意図がわからずとも、武器を手に立ち上がるでしょう？　市役所が仕掛けてきたのは、一方的な侵略戦争です。我々に残された選択肢は、徹底的に戦い抜くか、白旗を掲げて七階を明け渡すかの二つに一つなのです。さあ皆さん、一体どちらを選ばれますか」

参加者から、好戦的な言葉が沸き上がる。男は挑発するように笑い、江本さんを見やった。

彼は会場の雰囲気を察し、それ以上質問を重ねようとはしなかった。

確かに男の言うとおりかもしれなかった。守るべき祖国や故郷を奪われるとしたら、どんな理由があろうと、人は戦うものなのだろう。だが私は七階というものに、自分の住む国や故郷になぞらえるほどの執着や愛着を持っているわけではなかった。

　最後に参加者たちは立ち上がり、一様に左手を腰にあて、シュプレヒコールをさせられた。もっとも、「させられた」と思っているのは私だけのようで、並川さんを含め参加者たちはみな率先して、コールのたびに右手を高々と天に突き上げた。

「七階に住む権利を守り抜け」

「七階に住む権利を守り抜け！」

　並川さんの手前、力なく右手を上げ、コールに参加してみる。振り返ると、先ほどの江本さんは、立ち上がってはいたが唱和しようとはせず、腕を組んで冷静な表情を保ったまま、人々を見つめていた。

「七階の尊厳を取り戻せ」

「七階の尊厳を取り戻せ！」

「七階万歳」

「七階万歳！」

◇

会場から帰る道すがら、並川さんは心持ち弾んだ足取りだった。

「良かった。最初は不安だったんですけど、これだけ同じ思いの人がいたなんて」

「そうだね……」

言葉少なに応じる。彼女は、私を慮《おもんぱか》る様子もなく、会場での興奮をそのまま引きずっていた。

「だけど、七階ができたのが八階よりもずっと後だって、一体どういうことなんだろう？」

会場では口にできなかった疑問だった。並川さんはいつもの柔らかな表情を取り戻し、教え諭すようにレクチャーしてくれた。

「アルファベットや五十音だって、配列はあくまで便宜的なものでしかないでしょう？　階数もそれと同じなんです。一階の上に二階、二階の上に三階って順番に置かれているのは、混乱を来たさないように便宜的に定められただけ。現に、世界最初の七階は、地面の上に直接造られていたそうですよ」

「七階」という階が、他の階から切り離されて単独で大地に建つ状況を想像してみる。それはどうしても、「一階」にしか思えなかった。

「その後、『第一号七階』は、宗教界や政界の様々な深謀遠慮や駆け引きを経て、造られて三十年後に、初めて六階と八階の間に置かれたんです。これが有名な『イルムーシャの七階』。この階配置が、七階の存在する建築物のメルクマールとなって、世界中にその範を示したんです。それ以来、七階はずっと六階と八階に挟まれた場所に存在するの」

諳《そら》んじるような説明に、私はすっかり感心してしまった。

「ずいぶん詳しいね。並川さんも、あの壇上に立つ資格があるみたいだな」

私の賛辞も聞こえぬように、彼女は真剣な表情で、足元の石畳を見つめながら歩いていた。

「七階を撤去するなんて暴挙に、屈してたまるものですか」

彼女は背筋を伸ばして、周囲のビルの七階の光に眼を凝らした。眼鏡のレンズが光を反射し、瞳を隠すようだった。

◇

課長の席の隣に立ち、午後からのプレゼンについて簡単な打合せをしていると、通りの方から、スピーカーで拡大された声が近づいてきた。

普段なら気にすることもないが、差し挟まれる「七階」のフレーズに、思わず聞き耳を立てた。どうやら街宣車のようだった。

「私たちは、全国七階協議会のメンバーです。今、この街で、七階を撤去しようとする暴挙が行われようとしています。七階に住む権利を守るための運動に、皆さんのご理解とご協力を……」

課長は、私の作ったプレゼン資料をめくりながら、馬鹿にしたような鼻息を漏らした。

「ふん。自分の生活のためなら、犯罪が増えても知ったこっちゃないってわけか。勝手なもんだ」

彼は、私が七階に住んでいることなど知りはしない。私自身、七階護持闘争への関わりには態度を決めかねていたが、決め付けたような物言いには反感を覚えた。

「でも、七階で事故や事件が続いたからって、それが七階のせいだなんて、短絡的過ぎる気がするんですけどね」

課長は私を一瞥し、議論する気などないというように言い放った。

「何だろうと、七階さえ無くなりゃ犯罪も減るんだから、さっさと撤去すりゃいいんだよ。他に住む場所が無いわけじゃあるまいし。市役所も甘い顔するから、権利権利って、ただのワガママを権利と勘違いした奴らをのさばらせちまうんだよ」

深く考えもしない言葉に腹が立ったが、上司である手前それ以上反論できなかった。

わだかまりを抱えたまま打合せを続けていると、離れた場所で受話器を掲げた同僚が名前を呼んだ。私あての電話のようだ。

「森崎さん？　私、並川です」

「ああ、どうしたの？」

落ち着いた声が、私の波立った心を鎮めるようだった。

「今日から反対運動を本格化させますので、森崎さんにもご参加いただけないかと思って」

「えっと、それは……？」

仕事ではなく、七階護持闘争の話なのだとはすぐにわかった。だが、まるで主催者側であるかのような言い方が気になった。

「あ、言っていませんでしたね。私、全国七階協議会のメンバーになりました」

とっさに返事をすることができずに沈黙してしまった。

「森崎さん？」

「あ……、ああ、ごめん。聞いてるよ」

「今夜の活動、参加していただけますか？」

「ああ、わかったよ」

慌ててそう生返事をする。

七階護持闘争は、どちらの職場にも話すことのできない、二人だけの秘密の活動だった。だが、そうして並川さんとの接点が増えることに、以前ほど手放しでは喜べない気分だった。運動を通じて彼女を知れば知るほど、距離が広がっていくように思えてならなかった。

「動きやすい格好で来てくださいね」

電話越しの声だけが以前と同じで、余計に遠い場所に置き去りにされた気分になる。

◇

指定された場所は、街の中心部から離れた住宅地の一画だった。反対運動と聞いて、てっきり駅前や繁華街でビラ配りや署名活動でもするのだろうと考えていた私は、人通りも少ない裏通りに多少面食らいながら、待ち合わせの場所に急いだ。

近づいてくる私に黙って頷いた彼女は、人目をはばかるようにして歩き出した。導かれた先は、閉鎖されて随分時が経ったと思われる廃工場だった。立ち入り禁止のフェンスを越えて侵入すると、中には、既に十人ほどのメンバーが集まっていた。

先日の全国七階協議会のメンバーが数名と、残りはこの街から運動に参加した有志たちだろう。

「それでは、人数もそろったので、作業を振り分けていきます」

協議会メンバーは、特に手順を説明することもなく、他の人々も手馴《てな》れた様子で、きびきびと動きだした。

「ここで何をするんだい？」

自然に声を潜めて、私は隣の並川さんに尋ねた。

「今から、あのマンションを、全部七階にするんです」

細い指が、窓の外を示す。建設途中のマンションが、ガラス越しに見えた。

「どういうことだい？」

彼女は、自らも振り分け作業に加わりながら、7から始まる三桁の数字のプレートを私に見せた。

「未完成のマンションの各階は、まだ自分が何階なのかを認識できていないんです。だから私たちが、こうして七階の表示を貼り付けてしまうんです」

「だが、明日になれば工事が再開されて、そんな表示を貼ってもすぐに剝がされてしまうだろう？」

呆《あき》れて声が大きくなる。反対運動というならば、効果的に相手にダメージを与えるものでなければ意味がないだろう。私には、大掛かりなイタズラ程度にしか思えなかった。

「もちろん剝がされるのはわかっています。私たちの目的は、全部の階に七階って思い込ませることなんです。いわば、『七階の刷り込み』ですね」

その説明に、動物園で飼育係を親と思い込んでついて歩く雛鳥《ひなどり》のニュース映像を思い浮かべてしまった。だがもちろん、雛鳥をマンションと置き換えた様は想像できるはずもなかった。

「しかし、そんなことが……」

「一晩あれば、充分に刷り込みが可能ですよ」

リーダーの男性が口を挟んできた。痩せた頬に頬骨が浮かび、反骨心が透けて見えるような独特の笑い顔が、私に向けられる。

「一度七階としての刷り込みがされてしまえば、後からどんなに一階だ、三階だと認識させようとしても、その階の七階認識を覆《くつがえ》すことはできないんですよ」

私は先ほどイタズラ程度のこと、と思ったが、彼はまさに、イタズラを思いついたガキ大将のように、昂《たかぶ》りを抑えきれぬ様子だった。

「私たちは市内の建設中の建物をすべてチェックし、計画実行の日を待っていました。あのマンションは軀体《くたい》工事・設備工事がすべて完了し、明日から仕上げ工程に入ります。あと数日のうちには各階の階数認識が成されるはずです。決行の日は今日しかないのです」

話しているうちに作業の分担がなされ、私にも、「731」から「740」までのプレートと接着剤とが手渡された。

「さあ、はじめましょう！」

リーダーの合図で、我々はマンションに侵入し、手分けして「七階化」の作業を開始した。

ファミリー向けの十階建ての分譲マンションで、各階に五世帯ずつ、合計五十世帯が入居できるものだった。私たちは、各部屋の扉に、７０１号室から７５０号室までのプレートを剝がれぬようしっかりと貼り付け、各階に据え付けられた階数を示す数字をすべて7に取り替え、エレベーターに表示された数字もまた、7に替えていった。

最後に、正面玄関の集合ポストに、各部屋の扉と同じく七階の部屋番号を貼り付けていく。五十あるポストすべてに、7から始まる部屋番号が貼り付けられた様は、ある種壮観だった。

リーダーの男性は、満足げにその様子を眺め、顎を撫《な》でながら挑戦的に呟いた。

「さて、これで市役所側がどう動くか。見ものですね」

◇

市役所とて、新築マンションに目配りをしていなかったわけではない。既存の七階を撤去する一方で、新築のビルには最初から七階を造らぬよう、事前に通達していたらしい。

ところが、出来上がってみれば、我々の「七階の刷り込み」が功を奏し、十ある階すべてが七階になっていたのだ。完成間近だったマンションの工事は、全面的にストップしていた。どうやら私が考えていた以上に、市側は痛手を被《こうむ》ったらしい。

建築基準法上は何の問題もない新築の建物を、全部が七階化してしまったからといって撤去するわけにもいかず、かといってそのまま分譲することもできず、市役所も建設業者も身動きが取れなくなっているようだった。

「こんな効果的な作戦だとは、思わなかったな」

「七階の同志」を募るためのマンション巡りをしていた私は、完成間近の姿でいつまでも放置され続ける新築マンションを見上げて呟いた。

「相手が市役所だからこそ、の戦い方なんです」

同行していた並川さんは、作戦成功にもかかわらず複雑な表情だ。

「たとえ全階が七階化されても、偽装することは可能なんです。建物に入っただけで、そこが七階だって気付くような人はほとんどいませんし、生活に支障が出るわけではありませんから。だけど、建築を監視する立場の市役所には、絶対に偽装はできない。それを逆手に取った作戦です」

「このマンションは、いったいどうなるんだろう？」

すべてが七階化しているとはいえ、私の眼には他のマンションと変わりはなかった。

「最終的には撤去されることになると思います。本当は、こんな形で犠牲になる七階を造りたくはなかったんですけど。仕方ありません」

彼女は立ち止まって姿勢を正し、巨大な墓標のようにも見えるマンションに、そっと瞑目《めいもく》した。

それ以後は市役所側の監視も厳しくなり、大規模な「七階化」は望めなかった。それでも監視の目を掻《か》い潜《くぐ》ってはゲリラ的に新築マンションに忍び込み、三階や六階を七階化する形で反対運動は続けられた。

◇

もちろんゲリラ活動だけではなく、通常の反対運動も活発化した。ビラ配りや署名活動、野党系議員への陳情。私たちは、考えうるすべての手段を講じて、七階の重要性、七階撤去の不当性を訴えた。

執行部の一員となった並川さんは、渉外や計画立案で忙しく立ち働き、一緒に活動しても一言も言葉を交わせぬ日もあった。中途半端な気持ちを抱えたまま参加するうち、一人の男性が気になってきた。

決起集会の際に一人だけ冷静な質問をした江本さんだ。毎回必ず参加しているのだが、私と同じように、どこか一歩離れた場所から活動を見ているように感じていた。

煙草《たばこ》を吸うのは彼一人だったので、休憩時間に彼はメンバーから離れ、一服する。私は、「お疲れ様です」と声をかけながら彼の横に立った。

「しばらく禁煙に成功していたんですが、また夏から吸いだしてしまいました」

意志の弱さを自嘲《じちょう》するように、手にした煙草に愛憎相半ばした視線を落とす。しばらく世間話を交わした後、彼に尋ねてみた。

「どうしてこの運動に参加しようと思われたんですか？」

しばらく沈黙していた彼は、世間話の延長に聞こえるよう配慮するかのように、殊更に平板な声で言った。

「息子を、亡くしましてね。八月に」

「それは……」

声のかけようもなく、私は絶句した。彼の年齢からすれば、子どもは中学生くらいだろうか。そう考え、ふと思い浮かぶことがあった。

「あの、失礼ですが、八月というと、あの……？」

「ええ、そうです。自殺したあの子の父親です」

自らを無理に客観視しようとする言葉だった。そうしなければ、堰《せ》き止めていた渦巻く感情がすぐにでも決壊してしまうとでもいうようだった。

もちろん彼も七階に住んでいるのであり、運動に参加する資格があることはわかる。だが、彼が七階撤去を阻止しようとする理由が見つからなかった。

「しかし、どうしてこの運動に参加されたのですか？」

再び同じ問いを口にする。彼は煙草の煙の消えゆく先を眼で追いながら、自らを制御しようとする慎重さを見せて低く呟いた。

「あの子の死の理由がわからないから、でしょうね」

「報道では、いじめを苦にして、ということでしたが？」

「まあ、子どもが夏休みの終わりに自殺すれば、誰でもそう思うでしょうね。事実、私もそうでした。家庭には何の問題もなかったし、遺書もありませんでしたから。学校側の調査を待ちましたが、調査結果は、いじめの実態は見当たらない、というものでした」

「しかし……」

子どもの自殺に関する報道は幾度となく耳にしてきた。友人たちの証言と学校の調査結果が食い違い、学校側の隠蔽と問題視されているケースも多々ある。彼の息子もその類だったのではないのだろうか。

私の思いが伝わったのだろう。彼は頷き、短くなった煙草を灰皿にねじ込んだ。

「ええ、もちろん私も最初は学校側の隠蔽だといきり立ったのですが、どうもそうでもない。息子の幼なじみの同級生に聞いても、なぜあの子が自殺しなければならなかったのかわからないと、そう言うのです」

彼は二本目の煙草を手にして、ライターの火を近づけた。

「心の中でどんなに問いかけても、息子が答えてくれるはずもありません。長い自問自答の末、私はこう考えるようになりました。理由のつかぬことも世の中には多々あるのだと。我々はそれに、短絡的な回答を与えてはならないのではないかと」

ため息を押し隠そうとするように、煙草の煙が大きく吐き出される。

「心のどこかに、市の言い分に耳を傾けようとする自分がいるんです。七階に住んでさえいなければ、息子は死なずに済んだのではないかと。そう考えれば、心の重荷も減らすことができますからね」

「それは、そうでしょうね」

世の中には、理由のわからぬ死、理不尽な死が満《み》ち溢《あふ》れている。かけがえのない存在を失った人々が、たとえ短絡的であれ、合理的に見える結論に行き着いてしまうのは、無理からぬことではないかと思えた。

「ですが、それでは息子の死から、何も学び取っていないことになってしまう。私は、息子が死を選んだ理由がわからないという事実を、一生背負っていくつもりです。それは償いでも贖罪《しよくざい》でもなく、私はそうするべきだし、そうしたいのです」

再び彼は煙草を灰皿にねじ込んだ。何かに耐えるように、その手は小さく震えていた。

◇

運動への反発は、予想外の場所からやってきた。

並川さんにつきあって七階護持闘争に参加している手前、私は転居交渉を先延ばしにしていた。同じ階の人々は早々に交渉に応じたらしく、このマンションで今も七階に住んでいるのは、私だけのようだった。

その日も運動に参加し遅く帰った私は、何か朝と違う雰囲気を感じ取った。それは、具体的な「何か」ではなく、ただ漠然と、不定形の悪意が満ちているような感覚だった。

扉の前で違和感の源が判然とし、思わず立《た》ち竦《すく》んだ。

「出て行け！」「死ね」「犯罪防止に協力しない奴は犯罪者」

扉には、殴り書きのような文字で書かれた中傷ビラが何枚も貼り付けてあった。動悸《どうき》が一気に速まる。周囲を見渡したが、もちろん誰の姿も無かった。

ビラを破り捨てて部屋に入り、いつもは一つしかかけない鍵を二重にして、扉にもたれる。動悸は一向に鎮まらなかった。冬も近づいているというのに、背中にはじっとりと汗をかいていた。

嫌がらせはそれからも続いた。毎晩、部屋に戻る度に新たな張り紙や落書きが増えていた。ひどい時には、私が部屋にいる間にも、それらは増殖していった。

いや、人の手を介さず「増殖」するのであれば、まだ救いがあったろう。だが、そこには確実に「誰か」が存在するのだ。決して姿を見せず、それでも、確実に私に対して敵意をむき出しにする「誰か」が。

顔の見えぬ誰かの悪意の照射を受けて、私は怖気立《おぞけだ》つような恐怖の虜《とりこ》になった。

◇

「七階存続へのご理解とご協力を、よろしくお願いしまーす！」

もう何度も繰り返してきた言葉を、チラシを配りながら連呼する。駅前の広場なのでそれなりに人通りはあったが、受け取ってくれる人はわずかだ。

私は以前より積極的に活動に参加するようになっていた。もちろん私の中で七階という階が特別なものに変わったわけではない。だが、何の害を被るわけでもない匿名の「誰か」が、七階に住む人々に悪意を向けるという現実に、静かな怒りを感じたからだ。

ようやく受け取ってくれた中年男性は、訳知り顔でチラシを一瞥すると、無遠慮な視線を向けてくる。

「どうせあんたらも、転居の補償金を釣り上げようとしてやってるだけだろう？」

下卑《げび》た顔をいっそう歪《ゆが》ませて笑い、挑発するように目の前でチラシをピラピラと振った。

「誰がそんなことを言っているんです？」

語気を強めても、彼は気にする風もなかった。

「誰がって、みんな知ってるよ。そろそろ茶番は止《や》めたらどうだい？」

「いえ、私たちは、あくまで七階の存在意義を問うために……」

「あー、はいはい。わかったわかった」

男性は、聞く耳を持たぬとでもいうように遮ると、チラシを丸めて投げ捨て、私を押しのけて大股で歩み去ってしまった。

「またか……」

最近はとみにこんな反応が多くなった。ぼやきながらチラシを拾うと、リーダーの男性が近寄ってきて、肩を叩いた。

「まあ気にするな。しかし、いったい誰があんな根も葉もない噂を流しているんだろうな」

腕組みをして、二の腕の上で神経質そうに指を動かした。

実際、噂の出所はまったくつかめなかった。市役所がそんな噂を立てるはずもなく、かといって街の人々から表立った批判の声が上がっているわけでもなかったからだ。

だが、我々の活動には、色眼鏡で見たレッテルが貼られ、メンバーの住む七階の部屋への中傷ビラや落書きも常態化していた。

我々の対する相手は、市役所などではなくもっと別の、姿のない「誰か」なのかもしれない。だが、その誰かには、一体どう立ち向かえばいいのだろうか。一向に減らぬチラシがいつも以上に重く感じられ、無力感に苛《さいな》まれる。

少し離れた場所で署名活動をしていた並川さんが、そんな様子を眼にとめ、「ガ・ン・バ・レ」という口の形で応援してくれた。

「七階撤去断固阻止！」のノボリを見つめて、一人の女性が足を止めた。並川さんがすかさず近寄って声をかける。

「良かったら、署名をお願いできませんか？」

相手の女性はノボリから並川さんへと視線を移した。平板な表情からは、何の感情も汲《く》み取れなかった。並川さんは、女性が七階闘争のことを理解していないと思ったのだろう。一歩近づき、覗き込むようにして説明を始めた。

「この街で、七階を撤去するという理不尽な動きが起きているんです。七階を守る署名に、ぜひご協力お願いできませんか？」

「七階……七階……」

女性は、奇妙にうつろな声で繰り返した。並川さんもようやく様子がおかしいことに気付き、退こうとしたが、一歩遅かった。

「七階なんか、全部なくなってしまえばいいのよ！」

突然感情を爆発させた女性は、そう叫んで並川さんを突き飛ばした。予想外の行動に、並川さんは路上に倒れ、眼鏡が飛んだ。

「和江《かずえ》！」

離れた場所でビラを配っていた江本さんが、大声を上げて駆け寄り、女性を羽交《はが》い締《じ》めにした。どうやら彼女は彼の奥さん、つまり、自殺した中学生の母親らしかった。

なおも「離して！　あの子を、七階が……」と半狂乱の女性を、江本さんは無理やり引きずるようにして物陰に連れ込んだ。通りがかりの人々は、一瞬だけ立ち止まったもののの、すぐに流れを取り戻し、冷ややかな視線を向けながら歩き去ってゆく。

「並川さん。大丈夫か？」

彼女はきつく唇を嚙《か》み、飛んでしまった眼鏡を拾った。抱え起こそうとする私の手を振り払うと、何かを吹っ切ろうとするかのように再び署名用紙を手にして、道行く人々へと向かっていった。

市役所側の反対派住民への対応は、決して高圧的でも強権的でもなかった。だがそれは、よく言えば根気強く、悪く言えば執拗《しつよう》だった。考えてみれば役所にとっては、区画整理事業や道路拡張事業などで、転居の交渉などお手の物なのだろう。時間はかかるが最終的には強制執行によって従わせることもできるという点で、手馴れた日常業務の一つに過ぎないのかもしれない。

つまり私たちは、システマティックに、そして効率的に追い込まれていったというわけだ。

◇

まず、再三の転居交渉に嫌気がさし、そこまで七階に執着のなかった賃貸物件の居住者たちが、雪崩《なだれ》を打つかのように脱落していった。

続いて、分譲物件居住者の切り崩しが始まった。交渉の場で、今よりも条件の悪い物件への転居がほのめかされだしたのだ。それは制裁的なものではなく、「春の引越しシーズンが近づき、充分な物件が確保できない」という名目だったが、大きな揺さぶりとなったことは明らかであった。

分譲物件は家族で暮らしている者がほとんどだ。メンバーだけではなく、家族の生活にも影響の及ぶ条件が提示され、反対運動を取るか家族の暮らしを取るかで、人々の心は揺れ動き、一度揺れた心は容易に市役所側の甘言に傾いていった。

我々の活動を巡る状況も様変わりした。

当初は、七階を守るという理想は理解されないながらも、「七階を追い出される可哀想な人々」と、同情的な視線もあった。

ところが、「七階が犯罪の温床となっている」という一方的な認識が一般化し、同時に、我々が「ゴネ得」を目論《もくろ》んで運動を展開しているという偏見が固定化してからは、露骨に反応が変わった。

活動の真意は理解されず、憶測や興味本位の言葉で造られたイメージだけが一人歩きしだした。活動のための会場はどこも貸してもらえず、我々自身が犯罪予備軍のような扱いを受けることもたびたびあった。自宅への中傷ビラや落書き、脅迫は日常茶飯事となっていた。

それでも七階に住み続けている家族の子どもが、そのせいで学校でひどいいじめに遭っており、それを教師も黙認しているという事実が明るみに出た。

だが、そのことをもって、七階撤去の不当性へと社会の目を向けさせることはできなかった。むしろそのいじめすらも、七階だからこそ起きた事件の一つとして組み込まれ、撤去の体《てい》のいい口実と化してしまったのだ。

活動メンバーは、日に日に減っていった。

我々はもはや、間近に迫った敗北をはっきりと自覚し、一日一日と先延ばししているだけだった。どんなにアピールしても、道行く人々は、消化試合のテレビ中継でも見るような醒《さ》めた視線を向けるのみであった。

「組織としての運動は、これが限界だ」

リーダーの男性が、さすがに焦燥を滲《にじ》ませた表情でメンバーに告げた。彼自身も新築マンション七階化の際に不法侵入の嫌疑がかけられ、地下活動を余儀なくされていたのだ。それはまた、七階の犯罪発生率を押し上げるという皮肉な結果を招いていた。

「今後の反対運動は、個人の判断に任せる。この街での七階護持闘争は、今日で解散だ」

残ったメンバーは、それぞれに覚悟を決めた悲壮な表情で頷いた。

「七階との別れの告げ方も、各自に任せる。今日は最後に、みんなで語り合おう」

メンバーたちは、戦いの日々を振り返り、それぞれの七階の思い出を語った。

その思いを聞くうち、彼らが単なる理想や主義主張だけで七階撤去に反対しているわけではないことがわかった。彼らの誰もが、楽しいものであれ、つらいものであれ、七階でのかけがえのない思い出を持ち、大切に守り続けていたのだ。

◇

「森崎さん。この後、食事でもいかがですか」

最後の組織活動の後、並川さんが私を誘ってきた。断る理由はなく、私は頷いた。

「行きたいお店があるんですけど、そこでいいですか？」

「もちろん」

彼女は私の少し前を歩いていた。背筋をまっすぐに伸ばして歩く後ろ姿に、訳もなく悲しくなったが、それでも見つめずにはいられなかった。

彼女は駅前の裏通りで足を止め、一軒の建物を見上げた。古くからある個人経営のホテルだった。

「このホテルの最上階のレストランは、今日で営業を終了するんです」

理由は聞かずともわかった。このレストランもまた、七階にあったのだから。

店内には客はわずかしかおらず、我々は夜景を見下ろす窓際の席に座ることができた。

「最後の日なのに、お客さんが少ないんだね」

老ウェイターに尋ねると、彼は、レストランの歴史と共に刻まれていったかのような目尻の皺《しわ》を深め、静かに微笑《ほほえ》んだ。

「撤去の話が出ましてから、七階にあるお店はどこもこんなものでございます。駅前のデパートも、七階だけは売り上げが激減して早々に閉鎖されたそうで……」

並川さんは、老ウェイターの言葉に寂しげに頷き、失われる運命を持った場所を労《いたわ》るように見渡した。古式ゆかしいシャンデリアが、最後の夜を彩るように、控えめな輝きを投げかけていた。

初めての二人での食事だったが、決して心弾むものではなかった。並川さんは、相変わらずの姿勢の良さで椅子に座り、静かにナイフで肉を切り、口に運んだ。それは食事というよりも、失われゆく七階を送る葬送の儀式のようだった。静かで、厳粛で、そして哀惜に満ちていた。

食後のコーヒーが出され、彼女は改まった様子で私に尋ねた。

「森崎さんは七階を守る運動に、そこまで熱心にはなれない……。そうでしょう?」

私はしばらく言葉を探したのち、正直に告げることにした。

「すまない。七階への理不尽な迫害は許されないものだと思う。だが、いかんせん僕は、君ほどには七階への思いは強くないようだ。市役所の要請に従って、十階に移ることにするよ」

彼女は他のメンバーが去っていった時と同じく、視線を落としゆっくりと頷いた。カップを手にして、シャンデリアの光を映しこむようにして揺らす。

「仕方ないですね。七階への思いは人それぞれ、思いを強制することはできないもの」

自らに言い聞かせるように呟き、七階からの夜景を寂しげに見下ろした。

◇

「並川さんは、これからどうするんだい？」

レストランを出て石畳の道を歩きながら、後ろ姿に向かって尋ねる。彼女は常に少し先にいて、決して並んで歩くことは無かった。私はいつも、彼女の真っすぐ伸びた背中を見続けるしかなかった。すぐそこにいながら、決して追いつくことができぬかのように。

「私は、七階と運命を共にします」

いつもどおりの穏やかな声だった。怒りも、気負いも、悲しみもなかった。だがそれ故《ゆえ》、内に秘めた決意が滲むようだった。

私は思わず彼女の腕を取り、振り向かせた。

「なぜ、そんなに七階にこだわるんだ。この世界には五階だって十二階だって、他にも魅力的な階はいくらでもあるじゃないか」

運動に関わってから、ずっと心に引っかかっていたことだった。

「なぜ、七階にこだわっちゃいけないの？」

逆に尋ねられて、私は勢いを失い、言葉に詰まってしまう。

「何もない場所でも、その人にとってはかけがえのない場所だってこと、あるでしょう。それを他人が、そんなものには意味がないなんていうことは出来ない。そうでしょう？」

それはわかる、だが……。私はどうしても、そう思ってしまう。

「僕には、君がそこまで七階のために一生懸命になる理由がわからないんだ。それに、これ以上傷つく君を見ていることはできない」

小さな微笑みが彼女の唇に浮かぶ。眼鏡の奥の瞳に、以前と変わらぬ柔らかな光が宿る。愛おしさに、私は思わず彼女の腕を取って引き寄せた。彼女は瞬間、息を呑《の》んだが、逆らわず腕の中におさまった。

「心配していただいて、ありがとうございます」

彼女は眼を閉じ、私の胸にそっと身体を預けた。

「私は赤ん坊の頃から、ずっと七階に暮らしてきたんです。何度か引越しを経験したけど、引越し先はいつも七階だった。私の家族は、喜びも、悲しみも、すべてを七階と共有してきました。私の人生は、七階という場所を抜きにして語ることはできないし、七階は家族の一員も同然なんです」

慈しみ、包み込むような声だった。だが、その思いの向かう先は「七階」であって、私ではなかった。絶望的な気分になり、思わず口走る。

「だが、七階を失うのはこの街だけだ。他の街に引越したら、いくらでも七階はあるじゃないか。僕と他の街の七階でやり直さないか？」

翻意させられないのは、初めからわかっていた。だが、腕の中に抱き止めていながら、決して彼女を繋《つな》ぎとめることができないと認めてしまうことは、あまりにも残酷だった。

彼女は私を見上げ、悲しさを封じ込めるように言った。

「目の前で失われようとしている七階を見捨てて逃げるなんて、私にはできない。それだけです」

並川さんは、そっと私の胸に手をあてると、腕の中から抜け出し、歩き出した。

◇

仕事を終えての帰路、私はポケットの中で鍵を何度も握り返していた。昼間、市役所の職員が私を訪ねて手渡した、十階の鍵だ。

七階から十階への転居は、私の手を煩わせることなく行われた。今夜マンションに戻れば、今までと寸分違《たが》わぬ部屋が十階に整えられているはずだった。

同じマンション内での転居なので、鍵の形状も今までとほとんど変わらなかった。だがその手触りからは、いつまでも違和感が消えなかった。

そのせいもあって、帰宅を躊躇《ちゅうちょ》するような気分で、あてもなく街を歩き続けた。駅前の繁華街では、どのビルも七階だけ電気がついていなかった。

どうやら、七階からの転居は最終段階に入っているらしい。

七階のある建物を巡るうち、並川さんの住むマンションに行き着いた。暗闇に光る灯台のように、彼女の部屋にだけ光が灯っていた。

部屋の扉には、強制執行手続きの警告書が貼られ、心無い落書きや張り紙がされていた。中には住人が女性であることを知ってか、性的な中傷や恫喝《どうかつ》もあった。

眼を背けるようにしてチャイムを押す。ややあって、彼女がゆっくりと扉を開けた。

「どうだい、調子は?」

わざと少しおどけた口調で、彼女に笑いかける。

「ここ最近は静かなものですね。どうぞ」

部屋に入るのは初めてだった。姿や身のこなしと同様に、部屋はきちんと整えられていた。控えめな装飾の家具が置かれ、彼女の好きな淡い水色が配された部屋は、彼女自身の分身であるかのように思えた。七階での生活を、ささやかなものであれ大切にしているることが伝わってくる。

胸が締め付けられるようだった。

失われゆく運命にあるこの部屋が、誰にも奪うことはできない、奪ってはならない侵しがたいものであると同時に、もはや私には守りえないものだということが、痛いほどにわかったからだ。

「二、三日のうちに、強制執行されるでしょうね」

彼女は、赤ワインと二つのグラスを手にして、ベランダに立った。

「乾杯しましょう、もう二度と見ることができない、七階からの風景に」

私の思いを斟酌《しんしゃく》することなく、二つのグラスは澄んだ音を響かせた。

「覚えておいてください、かけがえのない、七階からの光景を」

人々の暮らす窓の明かりと、ネオンや街灯の光が入り交じる、何の変哲もない夜の街だった。だが、彼女の横顔越しに見えるそれは、確かに私にとってかけがえのないものだった。

私は、しっかりと胸に刻んだ。

◇

十階での暮らしにはすぐに慣れた。

まったく同じ間取りの部屋だったので、荷物を元通りに配置してしまえば、違和感もすぐに消えてしまった。

違うことといえば、窓から見下ろす夜景が少しだけ高い位置からのものになったこと。そしてもう一つ、エレベーターに乗る時間がほんの少し長くなったことくらいだ。

その朝も、いつもどおりの時刻に部屋を出て、エレベーターに乗った。何気なく階数表示を眼で追っていた私は、数字が「8」から、いきなり「6」に飛んでいることに気付いた。眼を擦《こす》り、寝ぼけた私の錯覚ではないことを確かめた。

外に出て、少し離れた場所から、マンションの階数を数える。

「十一、十二、十三……、十四」

マンションは十五階建てだった。何度数え直しても、一階分低くなっていた。

現実を目の前にして、ようやく理解できた。昨夜のうちに、七階が撤去されたのだ。

私は駅に走ると、通勤とは逆方向の電車に飛び乗り、並川さんの住むマンションに向かった。

外観上は、マンションに異変は感じられなかった。エレベーターに乗り、七階を押そうとして指が止まる。そこにはやはり「7」の数字はなかった。

やむなく八階で降り、非常階段を使った。一階下は六階だった。なす術《すべ》もなく、六階と八階を何度も行き来し、壁を叩き、並川さんの名前を呼ぶ。

彼女の会社に電話してみたが、無断欠勤しているということだった。

私は今になってようやく理解した。彼女の「七階と運命を共にする」という言葉の意味を。

◇

こうして、この街は七階を失った。

この街のビルからは、七階がすべて消滅したのだ。

並川さんを含め、最後まで転居を拒んだ数名が、七階と運命を共にした。そのことは小さな記事として新聞の片隅に載っていた。

明日には風化し、忘れられてしまうことを運命づけられた事件の一つとして。

「並川君も、このうちの一人なんだって?」

取引先ゆえ、課内の人間も並川さんのことは知っていたので、課長は新聞を開きながら誰にともなく言った。

「まあ、自分から望んで七階に残ったんだから、自業自得だな」

一瞬、課長に殴りかかりたい衝動に駆られて、きつく拳を握った。だが、かろうじて踏みとどまる。果たして私に、課長を殴る資格があるだろうか?

彼女を守ることができず、思いとどまらせることもできなかった私もまた、彼女を犠牲にした「誰か」の一人なのだ。怒る資格などあるはずも無かった。

心の波立ちを鎮め、何気ない風を装って課長に話しかける。

「課長、全国の『課長』の犯罪率が高いなんて統計結果が出たらどうします？」

意味がわからなかったのだろう、訝《いぶか》しげな表情が向けられる。

「今度は、課長が標的になるかもしれませんよ」

たちの悪い冗談と受け取ったのか、課長はむっとした顔で新聞を畳んだ。同僚たちが一瞬だけ気まずげな視線を私に投げてよこし、再びそれぞれの仕事に戻る。七階が消えたことも、並川さんが失われたことも、この日常を変えるだけの力は持ち得ないとでもいうかのように。

新聞は、全国七階協議会のリーダーの男性が、建造物への不法侵入の容疑で逮捕されたことも報じていた。記事では、彼の過去にも触れられており、彼もまた五年前に、七階で奥さんを殺害されていたことが記されていた。

そういえば彼は、メンバーが七階の思い出を語る中、頑《かたく》なに口を閉ざし、自身の思いを語ることは無かった。彼はいったい何を思い、そして何を背負って、闘争を率いていたのだろうか。強い力が込められていながら、その実、深い虚無を抱えた彼の瞳は、いつまでも私の心から離れなかった。

七階を失っても、日常は滞りなく流れ続けた。人々は、かつてこの街に七階があったことすら忘れてしまったかのように暮らしている。

駅前を行き交う人々を眺めて、ふと考える。七階護持闘争とは、いったい「誰」との戦いだったのだろうと。

それは、特定の誰かではない。だが、確実に「誰か」なのだ。

目の前を通り過ぎる人々の、無意識のうちに築いた透明な壁のような隔絶であり、無関心な対象に対する理解の拒絶であり、一つ一つは小さな個々人の悪意の集積でもある。

そんな様々な「誰か」の思いが、七階護持闘争を挫折させ、並川さんをこの世界から奪ったのだ。

エレベーターに乗るたびに、「7」の数字を失った階数表示を見上げ、七階と運命を共にした人々を思う。

他の人々も一様に、エレベーターに乗り込むと無言で階数表示を見上げる。それはもちろん手持ち無沙汰だからであって、何の意図も込められてはいない。だが私は、人々が失われた「7」に思いを馳せているように感じていた。それがせめてもの、葬送の儀式であるかのように。

撤去が完了し、それ以来、この街に七階での犯罪は無くなった。

市役所の広報紙には、「七階での犯罪激減！」と見出しが躍っていた。「各階での犯罪数の変遷」と記された折れ線グラフは、他の階より高い数値で推移していた七階の犯罪数が、撤去と共に急激に0まで下がっていた。

七階そのものが存在しないのであるから、犯罪は起こりようがない。高架化された鉄道で、踏切事故が起こらないのと同様だ。だが、統計結果だけが一人歩きし、七階の撤去が七階における犯罪減少の切り札であるかのように喧伝《けんでん》されていた。すでに近隣市町村では、犯罪防止策としての七階撤去が検討されているという。

グラフを見ていて、あることに気付いた。グラフは六月からの、つまり、七階での事件の発端となった殺人事件が起こって以降のデータでしかなかったのだ。私は転居交渉の際にもらっていた職員の名刺を探し出し、一般市民を装って電話をかけてみた。

「広報紙に載っていた七階の犯罪数だけど、六月以前のデータはあるのかな」

電話に出たのは、私の部屋に来た中年男性だった。彼は「ええ……少々お待ちいただけますか」と言いながら、手元の書類の束を忙《せわ》しげにめくる音をたてた。

「あの……、何ぶん、当市におきまして各階別の犯罪データを取り始めたのが六月からでありまして」

それでは一体何の資料を探していたのだろうと訝しく思いながらも、私は疑問点を質《ただ》してみた。

「だとしたら、もしかすると六月以前は、七階よりも他の階の犯罪数の方が多かったかもしれないということですよね」

「はあ、それにつきましては、私どもでは何とも。ですが、六月以降は一貫して七階の犯罪数は他の階を上回っておりますので」

その答えで勘弁してくださいと言わんばかりの口調に、それ以上追及する気を失った。彼にしても、業務として七階撤去に関わっただけで、彼自身が撤去を決めたわけでも、七階に悪感情を持っているわけでもないのだろうから。

電話を切り、犯罪の件数が、単なる「数値」としての意味しか持たされていないグラフを見つめ続けた。

確かに彼の言う通り、六月以降は一貫して七階の犯罪数は他の階を上回っていた。だが、七階護持闘争が本格化して以来、私たちの運動への警察の介入は何度もあったのだ。中傷ビラが貼られたことへの被害届の提出や、路上活動中の一般市民との小競り合い。活動員が拘束されたこともあったし、七階に住み続けた子どもへのいじめ事件もあった。

それらがすべて、七階に関わる犯罪としてカウントされているとしたら、それらを抜き去った七階の純粋な犯罪発生件数は、他の階と同等、いや、ずっと少ないのかもしれない。

たまたま、この街で七階での犯罪が増えた時を見計らって、撤去の動きが始まったのだとしたら。もしかしたら、今回の騒動が、すべて仕組まれたものであったとしたら？

だが、私には確かめる術はなかった。

非常階段で八階まで下りてみる。七階が失われた今、八階から見下ろす風景は、かつての七階からの風景と寸分違わなかった。だが、並川さんならきっとそれが、「かつての七階の高さからの風景」であって、決して「七階からの風景」ではないことに気付くのだろう。

彼女にとっての「七階」というものが、どれだけ大切で、そしてかけがえのないものだったかを、私は今も理解できずにいる。そのことが、私の胸を強く締め付けた。記憶の中の彼女は、いつも私の少し前を歩き、決して振り返ってはくれなかった。

◇

最初は誰だかわからなかった。

街中で丸刈りの男性にいきなり頭を下げられた。よく見ると、あの自殺した中学生の父親、江本さんだった。

「お久しぶりです」

再会を喜び、互いの近況を語り合う。彼は七階撤去を機にこの街を離れ、今は別の街に住んでいるという。

「妻とは別れまして、今は一人で暮らしています」

丸めた頭を撫でながら、彼は周囲を見渡した。

「無くなってしまいましたね」

「ええ」

二人で言葉少なく、かつて七階があった場所を見上げる。共に七階を巡る戦いに参加しながら、ある意味、傍観者のように活動を見ていた私たちだからこその、複雑な感情がそこにはあった。

互いに約束にもならぬ再会を誓い、別れを告げる。

「あの……」

聞きそびれたことがある気がして、思わず呼び止める。

「今も、答えは見つからないままですか?」

振り返った彼は、私をまっすぐに見つめた。その瞳に、刹那、すさまじいほどの強い光が宿った。だがそれも一瞬のこと、彼は穏やかな表情を取り戻し、首を振った。

「ええ、見つかりません」

その言葉は、見つからぬことを諦めるものでも、悲観するものでもなかった。彼はこれからも、答えの見つからぬ問いを自身に向けながら、それでも、変わらぬ日々を生き続けるのだろう。失った、決して答えてはくれない人の姿を求めながら。

私と同じように。

私は並川さんの七階への強い思いを理解できなかったし、彼女の思いに追いつくことは永遠にできないだろう。

だが、もし七階における犯罪の増加というものが仕組まれたものであるとしたら、今後も同じことが、八階や五階や他の階で起こらないとは言いきれない。そうなったとき、また並川さんのように犠牲となる人が出てくるかもしれない。

その時も、私はそれをなす術もなく見ているだけなのだろうか。だとすれば、私は並川さんの死を「必然」として受け入れてしまったことにならないだろうか。

――そんなわけにはいかない――

私は、姿の見えぬ「誰か」に対して、強く首を振った。

この街が七階を失い、そして私が並川さんを失ったということを、いつか消え去ってしまう「思い出」にするわけにはいかなかった。私は姿の見えぬ「誰か」に対して、NO

と言い続けなければならないし、それが誰なのかを見極めなければならないのだ。

それだけが、彼女を思い出にしないためのただ一つの方策だった。

立ち尽くす私の視界で、江本さんの姿は次第に小さくなり、やがて人混みに紛れて消えてしまった。だが、彼の後ろ姿は、次の一歩を踏み出す勇気を与えてくれた。答えのない問いを発しながら、決して追いつけぬ後ろ姿を追い続ける勇気を。

◇

エレベーターに乗り込み、階数表示のボタンを見つめる。

そこには、「7」の数字があった。

一瞬、並川さんの姿が胸によみがえり、涙ぐみそうになりながら、久しぶりの「7」を強く押した。エレベーターは、私の思いを理解してくれたかのように、七階へと一直線に昇っていった。

扉が開き、懐かしき七階に一歩を踏み出す。

正面に掲げられた横断幕を見上げ、私は背筋を伸ばした。かつて、並川さんがそうしたように。

「七階護持闘争　8・19決起集会」

私の住む街での七階撤去に端を発し、隣の街でも、ついに市役所が七階撤去の方針を打ち出した。今日は、この街での七階護持闘争のスタートの日だった。

受付の男性は、虚無的ではあるが、強い力を持った瞳で私を迎えた。あのリーダーの男性だ。刑期を終えて、活動を再開したのだろう。

「おや、君は……」

私の顔を覚えていてくれたようだ。

「七階護持闘争に、参加させてください」

答えの無い問いを発しながら、歩き続けよう。

かけがえのない、七階のために。

姿の見えぬ「誰か」を見極めるために。

廃墟建築士

「それでは最後にお伺いします。関川《せきかわ》さんにとって廃墟とは？」

若いインタビュアーは、最後にそう質問するのが義務だと言わんばかりに、お決まりの文句をぶつけてきた。

名刺の肩書きを見ると、女性ファッション誌を中心に仕事をするフリーライターのようだ。変に廃墟が有名になったばかりに、最近はこうして建築とはまったく無関係の雑誌や媒体から取材を受けることも多くなった。

先日は、若者向けの車の改造専門誌からの取材だった。

「……っスか？」を連発する茶髪のインタビュアーの、「やっぱ廃墟って、男のノスタルジーっスよね」という言葉に代表される的外れな廃墟観に辟易《へきえき》させられたものだ。掲載誌が送られてきたが、はたしてどんな記事になったものか、怖くてまだ開けずにいる。

それに較《くら》べれば、目の前の彼女は、専門外の分野であろうにしっかりとした勉強の跡が窺《うかが》えた。答えは決まっていたが、私は足を組み替えて顎に手をあて、考える仕草をする。すかさずカメラマンが構えた。

「廃墟とは、人の不完全さを許容し、欠落を充《み》たしてくれる、精神的な面で都市機能を補完する建築物です。都市の成熟とともに、人の心が無意識かつ必然的に求めることになった、『魂の安らぎ』の空間なのです」

インタビュアーは、我が意を得たりとばかりに大きく頷いてメモし、カメラのフラッシュが数度たかれた。

インタビューとは結局のところ、インタビュアーの心に浮かぶ私自身の像を把握し、相手の意向に沿った回答を与えるよう配慮することによって、ずいぶんと効率化できるものだ。

カメラマンの片付けを待つうち、インタビュアーが取材のいきさつを語りだした。

「でも良かった。関川さんに取材受けていただけて。実は、鶴崎《つるさき》さんにもお願いしたんですけど、断られちゃったんですよね」

「まあ、彼は、今一番忙しい時期だろうからね」

彼女は窓の外をまぶしげに一瞥し、肩をすくめた。

「そうですよねえ。あれだけ大きなプロジェクトをまとめあげたんですからね。でも関川さんって、鶴崎さんの師匠にあたる方なんですよね？　どうですか、お弟子さんの成功する姿を見て？」

私は苦笑まじりに応じるしかなかった。

「いやいや、彼はこの会社から巣立っていったというだけです。今の成功はすべて彼の能力によるものですから、弟子も師匠もありませんよ」

わずかに眼を細めるようにして、彼女は私を見つめた。ほんの一瞬ではあったが、心の内を透かし見られているように長く感じた。

◇

インタビュアーを見送ると、入れ替わりに妻の佐知子《さちこ》が入ってきた。会社とはいっても、五階建ての自社ビルの最上階を私と妻の居室としているので、仕事と家庭の切り替えがうまくいかないのが難点ではあった。

「お仕事中すみません。鶴崎さんから招待状が届きましたよ。来週の落成式、ぜひ来てほしいって」

「今さら私を呼ぶこともないだろうに」

「やっぱり、あなたに一番に見てほしいんじゃないんですか？」

ため息をついて招待状を妻から受け取った。中身を確かめもせず机に置き、窓の外の空を見上げる。

空港周辺の建築制限のため、周囲には同じ高さの雑居ビルが連なっている。その背後には、スモッグで霞《かす》む首都の空を貫く意志を見せて、いくつもの高層ビルが林立している。まるでそこだけスケールを間違って造られた建築模型のようだ。

その中でもひときわ巨大なビルが、オブジェを思わせる特異な形状で異彩を放っていた。

「どうだい佐知子。私にあのビルを建ててほしかったかい？」

妻は、窓からの光に手をかざし、私に寄り添うように立った。

「立派な事業だと思います。でも父は、一つ一つの廃墟を大切に育てていましたから……」

それ以上は言わない。私の中のわだかまりすら見透かし、それでも認めていてくれる。長年連れ添った妻だからこその思いの伝え方だった。

「佐知子。旅行の件、そろそろ実現に移さないか？」

「それは、あなたがこの世界に入るきっかけになった場所ですから、もちろん行きたいですけど……。仕事は大丈夫なんですか？」

「ああ、来月にはひと段落するから。一週間くらいなら社員に任せても大丈夫だよ」

高曇りの空に、鶴崎が手がける地上百階建ての高層廃墟が、辺りを睥睨《へいげい》する威圧的な姿を見せていた。

鶴崎建設の入居する高層ビルからは、その全容が誇らしく眺められることだろう。

私が廃墟に「魅せられた」のは、一つの廃墟との運命的な出会いがあったからだ。学生の頃、修士論文の資料収集のために渡った海外での取材先で、私はその廃墟に巡り合った。

◇

当時の私の主要な研究テーマは、「二階扉による分散型都市モデル」だった。クマリア学研都市での調査で、取材相手の都合がつかずにぽっかりと空いた一日に、話の種にと足を延ばしたのだ。

穀倉地帯であるスフッシュマス地方南部の広大なライ麦畑の中に突如現れる、全長七キロ（当時）に及ぶ長大な建築物。それが「スラッシュマスの連鎖廃墟」だ。

建設を総指揮したリイクマール卿の、「廃墟を感じるには、時間軸と平面軸の尺度を自らの内に持つことである」という理念は、氏が故人となって二百年以上経った今日《こんにち》でも、厳然と守られている。見学者は建物から二キロ離れた駐車場で否応《いやおう》無しに車を降ろされてしまう。自らの足で歩き、少しずつ大きくなる建造物の姿をわが身と対比させることを義務付けられるのだ。

「連鎖廃墟」は、建築物としては非常に単純な構造である。九十フィートを一区切りとして、中央に小さな尖塔《せんとう》が配され、四つのアーチ窓を持つ細長い建築物が連続する。東西に七キロ以上ひたすらに続くそれは、建物同士を繋ぐ長い回廊のようでもあり、侵略に怯《おび》える為政者が造らせた長城のようでもある。

ルートに沿って入口から入館すると、西側は今まさに建築工事中であることがわかる。連鎖廃墟は、常に最新の建築部分から見学コースが始まる。次の西側の一区画が完成すれば、入口もまた一区画分だけ西側へ移動するというわけだ。

建築工事の音を背後に聞きながら、受付で入館証を受け取り、東へ向けて歩き出す。外観がそうであるように、内部も九十フィートを一区切りとして、まったく同じ構造と調度を備えている。尖塔の直下には簡素なシャンデリア。一定距離ごとに据え置かれたオールドハンドの書棚には、同じ書籍が同じ並びで配されている。そして、建物の長く長く延び続ける意図を体現するかのように一直線に敷かれた深緑の絨毯《じゅうたん》。

団体で訪れても、距離を保って離れて歩くことが推奨され、私語も禁じられていることから、入館者は「黙考のための緑」とも呼ばれる絨毯の上を、一歩一歩、前だけを見据えて歩き続けることになる。

ひたすら歩くうち、私は次第に、二枚の鏡を合わせた無限回廊の中をさまよい続けているような錯覚に陥った。過去も未来もない、時間の野辺ともいえる空間に放り込まれたかのように。

そしてある瞬間、私は気付かされたのだ。自分がいつの間にか、廃墟の只中《ただなか》にいるということに。その感覚は形容しがたい。あえて喩《たと》えるならば、時の流れを視覚の上に具現化した世界に踏み込んでしまったかのような違和感と、地軸の定まらぬ浮遊感を伴った、「歪み」の感覚だろうか。

通常の廃墟が、建築個体として廃墟認定を受けるのに対して、いつ終わるとも知れず延長され続ける連鎖廃墟は、「個体」としての廃墟認定を受けないという特異性を持っていた。実際、私が訪れた際には、第十二区画から第二百三十七区画までが廃墟認定されていた（第十一区画まではすでに崩壊）。「廃墟は時の経過によって醸成される」という事実は、最も単純であるからこそ、当たり前すぎて忘却されがちである。連鎖廃墟は、廃墟に宿命的に課せられる、時間軸による制御を際立たせるとともに、見るものに廃墟の有り様を再確認させることを主眼としているのだ。

ややあって我に返った私は、時の流れという無慈悲で、かつ公正なるものを自らの足で感じ取りながら、再び歩き始めた。

廃墟認定区域は、進むにつれ崩壊が激しくなった。壁はいたる所で崩れ落ち、落下したシャンデリアが回廊の中央を塞ぐ。注意しなければ足元すら踏み抜いてしまう危険があった。入館証受け取りの際に、事故に関する誓約書にサインさせられた意味をようやく知ることになる。

二百年以上前の建造区間である第二十区画を過ぎると、ついには屋根が崩壊し、瓦礫《がれき》を乗り越えて行くしか手立てがなくなる。建物であったことの記憶すら失った、残骸とも呼べる石や壁土の小山の頂《いただき》で、私は立ち止まった。

いつの間にか、太陽はすっかり西に傾いていた。一面のライ麦畑に囲まれた廃墟に、夕日が降り注ぐ。世界すべてを染め上げようとするかのような光の中で、私は瓦礫の上に座り込んだ。

時が、今この一瞬にも刻まれているということを、私はまさに自らの内に感じていた。二百年以上の時を越えて、ワイクマール卿が語りかけるようだった。

「廃墟を造るということは、我々すべてが逃れることのできない生命の有限性と、受け継がれゆく時間の永続性とを、俯瞰《ふかん》した位置から眺める視点を持つことに似ている。いつかは崩れ去るという万物に定められたる道程を宿命とせず、むしろ使命とすることのできる者だけが、このはかなくも偉大なる建築を成し遂げられよう」

私は、以後の予定をすべてキャンセルし、彼《か》の国の著名な廃墟をくまなく巡った。そうして、帰国の前日に再び連鎖廃墟に戻り、夕日の最後の一筋の光が消える瞬間まで、その姿を眺め続けた。

私は悟ったのだ。廃墟を造ることこそが、私の生きるべき道であると。

しかしながら、当時の我が国における廃墟をめぐる状況は、厳しいものだった。

国土の狭さもあって、廃墟の重要性は認識されつつも、後進性が顧みられることはなかった。国王の名の下《もと》に廃墟専門のマイスター制度が維持され、脈々と技術が培われてきた廃墟先進国とは、所詮《しょせん》文化的背景が違うのだ。

廃墟に接する国民の側にもそれはいえた。都市公園として住居と明確に区分され、きちんとした廃墟管理人が存在する先進国とは違い、住廃近接状態で廃墟化後の管理も充分に行き届かない我が国では、不法投棄や少年非行の温床となる、一種の迷惑施設として受け止められていたのだ。「危険だから」と廃墟を立ち入り禁止にするなど、本末転倒の取り扱いすら公然とまかり通っていたのであるから。

そうした理由により、都市空間における廃墟占有率は、国際基準を満たすとはいっても、最低水準にとどまっていた。しかもそのほとんどは、「みなし廃墟」であった。

当初より廃墟に醸成することを目的として建てられたものが「第一種廃墟」。実用を目的として建てられたが、実用に至らぬまま廃墟として認定されたものが「第二種廃墟」。そしてある一定期間実用建築物として用いられていたが、故あって無人となり、

◇

廃墟状態となったものが、いわゆる「みなし廃墟」だ。

廃墟に魅せられた私にとって、「みなし廃墟」の存在は、純粋性を汚すものとして、認めがたいものであった。人の生活や思いと切り離された場所で熟成されてこそ、廃墟は純然たる「廃墟」たりうるのだ。

教授の説得にもかかわらず、私は廃墟を生涯のテーマとして選び、内定していた大手建築ディベロッパーへの就職をあっさりと断った。もちろん、廃墟を自ら手がけるためだ。

当時の廃墟は、自治体の建設部局が、国の基準を維持するために最低限の「みなし廃墟」を設置するか、大企業が社会貢献の一環として自社用地に無償で建築するかのいずれかが大半であった。

しかもそうして建てられた廃墟は、判で押したように決まりきったものばかりだった。廃墟の持つ精神性や、現代人の心の根源に関わる建築物としての位置づけなど、一顧だにされていなかったのだ。

そんな中、私が就職を決めたのは、「野口《のぐち》建設」という従業員数二十名ほどの小さな建築会社だった。夜逃げした資産家が残していった家屋に廃墟措置を施し、自治体に「みなし廃墟」として斡旋《あっせん》を行うことを主業務としていた。

小さな会社ではあったが、年に一件は必ずどこかの自治体で新築の廃墟物件を手がけるという数少ない、そして特異な企業だった。それはひとえに、職人気質《かたぎ》の野口社長の性格によるものであったろう。大工から叩《たた》き上げて会社を興した人物で、廃墟を手がけるのも独自のこだわりがあったからだ。

彼自身は海外の先進廃墟理論を学んでいるわけでもなかったし、興味もないようだった。だが彼の造る廃墟は、理論だけで現実を知らない私を打ちのめす静かな迫力を備えていた。偏屈な人物ではあったが、「廃墟を造りたい」という私を面白がって、厳しく、かつ丁寧に技術を伝えてくれた。

彼から学んだことは計り知れない。特に、高温多湿なこの国で廃墟を造る技術は、他国の文献を繙《ひもと》いても載っていないことばかりだった。彼の長年の経験によって培われた、計算され尽くしたかのような崩壊と残築の妙技は、名人技ともいえる域に達していた。技術だけではなかった。彼は、先進の廃墟理論にどっぷりと漬かった私に、この国だからこその廃墟のあり様というものを気付かせてくれたのだ。

野口社長は、必ずしも「みなし廃墟」を忌《い》み嫌ってはいなかった。

「みなし廃墟ってなぁ、そりゃあ外国から見りゃあチンケなもんかもしれんが、あれはあれでいいもんなんだぜ。何より、住んでた人間の気配ってやつをいかにうまく織り込んでいくかってのが、廃墟屋の腕の見せ所なんだ」

私は野口建設で、「みなし廃墟」の営業を続けながら、自治体や大手企業に、ねばり強く廃墟の建築を持ちかけていった。

◇

転機が訪れた。追い風は、意外な場所からやってきた。

二十年前、某国で行われた先進六ヶ国首脳会議での出来事だ。地元国営紙では、会議開催にからめて、三日間にわたり六ヶ国の文化比較の特集を組んだ。中でも大きく頁《ページ》を割いていたのが、廃墟に関する記述であった。

他の先進国と比較して際立って低い我が国の都市廃墟占有率がグラフであからさまに示され、他の五ヶ国では考えられない「みなし廃墟」の存在がクローズアップされていた。

社説では、諧謔《かいぎやく》を交えた論調で遠まわしに、廃墟を蔑《ないがし》ろにし続けてきた我が国の文化的未熟さが皮肉られていた。

――かように、彼の国における廃墟は、憂慮すべき段階に留《とど》まっている。しかし国民諸賢よ、この事実をもって彼の国の文化を軽んじるなかれ。文化の成熟度を測るなかれ。模倣と勤勉性によって驚くべき速さで戦後復興を成し遂げた彼の国は、いずれ廃墟においても我々を脅かす存在となろう。木造建築の歴史を鑑《かんが》みるならば、それも頷けよう。木は石よりも脆《もろ》く、風化しやすいのであるから。願わくは、今後彼の国において盛り上がるであろう廃墟への思いが、木造建築のごとき脆きものとならんことを……

この件に対する政府の対応は素早かった。

ほどなく開催された国会審議の場で、「特定都市機能補完建造物ニ関スル法律」、いわゆる「廃墟法」の六十年ぶりの改正が決定した。

65条の2特例による「みなし廃墟」への段階的な規制。それに伴い廃墟の絶対量が不足する中で、一種、および二種廃墟の認定要件が緩和されていった。

とはいえ、一朝一夕に廃墟は造れぬという現実が、野口建設にとっての追い風となった。廃墟化のノウハウは、付け焼刃で身につくものではなかった。この国の気候風土に合った廃墟は、単に他国の廃墟を模倣するだけでは生み出せない。それは廃墟建築の第一人者である野口社長と、技術を受け継いだ私の、誇りであり自信でもあった。

当時、すでに社長の娘の佐知子との結婚が決まっていた私は、会社としてどう対応するかを社長と話し合った。結論はすぐに出た。私も社長も、一番の望みは、この国に廃墟の文化が浸透し、誰もが気軽に触れられるようになることであった。

全国の自治体から廃墟建築の依頼が殺到したが、一切の受注を断り、廃墟建築士の育成に専念した。他社からの研修生を積極的に受け入れ、技術を学んだ建築士たちが次々と巣立っていった。

今思えばあの時、廃墟建築のノウハウを独占し、特許として申請していれば、高層廃墟を手がけるのは私だったかもしれない。

私の一番弟子ともいえる鶴崎は、廃墟建築よりもむしろ会社経営に長《た》けていたのであろう。独立後、大企業をパトロンとして次々に高級廃墟を建築し、廃墟建築界の寵児《ちょうじ》として一躍名を馳せた。

今では鶴崎建設は、廃墟事業への新規参入組の吸収・合併を経て、全国に十の支店と三百もの営業所を構える業界のリーディング企業となっていた。

◇

視察団の車は、一般車を規制した道路を、バイクに先導されてゆっくりと走った。私は、政府から用意された迎賓車の後部座席で、居心地悪く窓の外を眺めていた。

警備のため沿道に立つ屈強な官憲の背後には、反対派の市民団体がプラカードを掲げて陣取っていた。

「住民を追い出してまで、なぜ廃墟か？」

「廃墟は要らない。住む場所を返して！」

「廃墟が何の役に立つ？　２００億税金の無駄遣い」

彼らは官憲に排除されながらも、必死にプラカードを振りかざし、それぞれに何事かを叫ぶように口を開いていた。もちろん防弾ガラスの奥までは、彼らの声は届かない。

「立ち退き住民からの反発が根強いようだね」

私の呟きに、隣に座る鶴崎は、さして興味もなさげに窓の外を一瞥した。

「廃墟の何たるかを知らぬ輩に説明するなど、時間の無駄以外の何物でもありませんよ。もっとも、死後にならないと業績の評価が定まらぬことも、この業界ではよくありますから、むしろ受け入れられないのは名誉だとも思えますけれどね」

浮かべられた冷笑は、窓の外に向けられていたが、それは私に対するものでもあっただろう。

「私は君に、そんなことを教えたつもりはなかったが」

鶴崎は、しばらく沈黙していた。沈黙の意味は私にもわかる。教えを請うた相手への配慮であり、時代の波に乗れなかった者への哀れみであり、成功を手にできなかった者への侮蔑でもあった。

「関川社長。あなたに教わったご恩は忘れていませんし、廃墟を身近なものに、というお考えも素晴しいと思います。ですが私は、いつまでたってもこの国が廃墟三流国とみなされることが我慢ならないんですよ。外国に出しても恥じることのない、これがこの国の廃墟だ、というものを見せつけてやりたいじゃないですか。この国の人間は外国からの賞賛に弱い。自国の文化を顧みるのに他国の尺度が基準となる国ですからね。見ていてください。国内でも、国外でも、この国が廃墟一流国になったということを、私が知らしめてみせますよ。それが私の、あなたへのご恩返しです」

鶴崎の冷徹な眼差しの向けられた先に、高層廃墟が巨大な全容を現す。周囲三百メートルは、劣化による落下物の危険性があるため、住民は立ち退きを余儀なくされていた。住宅地の中にぽっかりと生まれた空間の中央に鎮座して、高層廃墟は威容を殊更に強調するようだった。

車を降りると、メインロビーでは、国土保全省の長官や政府要人たちが鶴崎を迎え、次々に握手を求めていた。視察団がぞろぞろと取材陣を引き連れて移動してゆく。私はそっと抜け出して、一人で非常階段を上った。

今回の廃墟が大がかりなのは、規模の面にとどまらない。一番の特徴は、「箱物廃墟」ではない点だ。

百階建てのビルは、地下と地上五階までは商業ゾーンに、六階から三十階まではオフィスゾーンに、そこから最上階まではホテル機能を備えたゾーンとして建造されている。

もちろん一般の建築物であれば、それは至極当然のことであるが、これは廃墟なのだ。一片の実用性すら必要としない廃墟に、どれだけ空虚で無用な「実用」を備わせることができるか。それが、その国の文化的成熟度に直結するのである。

某独裁国家のS首相が、世界最大の廃墟と喧伝する「ハリボテ」で、世界中の失笑を買った例を待つまでも無い。

十八階まで上った所で、さすがに息があがってしまい、立ち止まってフロアを見渡した。この階には、「株式会社脇山プランニング」という会社が入居しているという想定で、机やOA機器が整然と並んでいた。引き出しの中には、鉛筆や消しゴムなどの文房具が用意されており、すぐにでも企業が入居し、人々が働き出せるような環境が整えられていた。この建物そのものが、今の時代の空気そのままを封じ込め、廃墟化してゆくのだ。

鶴崎の思惑どおり、このプロジェクトは、我が国の廃墟を語る上での偉大なるメルクマールとなるであろう。窓に近づき、下界を見下ろす。風化措置が取られた特殊ガラスは、いびつな風景を映し出していた。私は、ガラスに映った自分自身の歪んだ姿と向き合った。

廃墟一筋に生きてきたこの三十年。自身の廃墟への関わりに悔いはないし、自分を裏切った仕事はしてこなかったつもりだ。だが、これだけのものを造り上げた鶴崎に対して、大人気ない嫉妬と、やり場の無い敗北感とが湧き上がってくるのを抑えることができなかった。

一階に戻ると、共同記者会見が始まっていた。大勢の報道陣を前にして、スポットライトを浴びた鶴崎が、誇らしげにマイクを手にしていた。

「このプロジェクトにより、全国五ヶ所に同様の高層廃墟が建つことで、廃墟の延べ床面積は一気に倍増し、我が国は、恥じるところのない廃墟先進国となれるのです。数十年後、この建物が真の廃墟として姿を現す時、国民は究極の癒しの空間を堪能することが出来るでしょう」

◇

その夜、都内のホテルで落成記念パーティーが開かれた。

人いきれに辟易した私は、グラスを片手に壁にもたれ、物思いにふけっていた。目の前で誰かにお辞儀をされ、あわてて会釈を返す。先日のインタビュアーの女性だった。

「鶴崎と話せましたか？　よろしければ紹介しますが。とは言っても、あの取り巻きをかき分けて行くのは容易なことではないが」

広いパーティー会場でも、鶴崎のいる場所は人だかりですぐにわかった。

「いえ、取材はもういいんです。それに、なんだか……」

彼女は、言葉を探すように手にしたグラスの氷を揺らした。

「なんだか、彼の造ろうとしている廃墟は、私が思っていたものと違う気がして」

「どういうことですか？」

「ん、うまく言えないんですけど、廃墟ってもっと自由で、人々に開かれたものなんじゃないかなって思って。なんだか彼の廃墟って、美術館で立派な芸術品でも見せられているみたいで……。すみません、専門家でもない私がえらそうなこと言っちゃって」

門外漢であろう彼女が廃墟の本質をつかんでいることに、私は素直に感嘆した。

「いえいえ、おっしゃるとおりですよ。廃墟とは建築家のものではなく、触れ親しむ人々のものですからね。どうやら、あなたは廃墟に特別な思い入れがあるようですね」

彼女は、顔をほころばせて頷いた。

「私が子どもの頃住んでいた町にも、一軒の廃墟があったんです。造った人が完成と同時に亡くなったって噂があって、周りの子は気味悪がって近づかなかったんですけど。私は何だか気に入っちゃって、落ち込んだ時なんかに、よく一人で遊びに行ってたんですよ」

「廃墟のどんなところが気に入っていたのですか？」

彼女は懐かしむような遠い眼になる。

「何だろう？　他の建物では感じない、特別な感覚なんです。崩れてしまう運命にありながら、それでも建物としての生を全うしようとする超然とした姿が好きでした。眼を閉じて崩れた壁に触れているだけでいいんです。励ましてくれるわけでも、慰めてくれるわけでもないいんですけど、時を越えて私を見守ってくれているような、安らいだ気持ちになれました」

彼女の言葉は、私の心のわだかまりを、全て洗い流してくれるようだった。

「そんな風に接してもらえることが、私たち廃墟屋にとっては一番の喜びですよ。ありがとうございます」

二人して、手にしたグラスを掲げて乾杯する。

首都の夜景が広がる窓からは、ライトアップされた高層廃墟が見えた。何者をも寄せ付けまいとする威圧感を漂わせ、人工の光の中で特異な形状を一層際立たせていた。

「それじゃあ、失礼します。また今度、廃墟のお話聞かせてくださいね」

お辞儀をして去りかけた彼女を呼び止める。

「ところで、あなたが子どもの頃住んでいた町というのは？」

彼女は町の名を口にし、ざわめきの中に消えていった。

私は再び壁にもたれ、物思いに沈んだ。彼女の思い出の中の廃墟。それは、先代野口社長が、自らの命と引き換えに最後に造り上げた廃墟だった。

◇

「続いて、一階南西の第三区画。検査開始します。風化促進剤の使用は？」

検査官は、型どおりに壁面を触検で確認し、分厚い調書をめくる。

「はい。規定どおり、築造五年目に一回目、以後七年目、九年目に一回ずつ実施しております」

検査は初体験の藤原《ふじわら》君が、緊張した声で答える。私は検査の際には、必ず新入社員を連れて行くことにしている。今回の検査対象は、築十五年の「廃墟移行物件」だ。今日の移行検査で違反所見が無ければ、正式な廃墟として認定されることになる。

この地方の検査官とも顔馴染みだ。だからといって手心が加えられるわけではないが、互いの技術と知識は信頼しあった仲である。

「それ以降は、……っと、全面塗布はないのか。理由は？」

「この地方の物件では、十年前の夏の台風18号、21号の影響で程よく自然風化を進めることができましたので、以後の風化促進剤は最低限の部分だけにとどめています」

私は、検査官同様、壁を触検しながら答える。崩壊は構造計算どおりに進んでいた。自画自賛になるが、今回の廃墟はなかなかの出来栄えだった。

「はい、違反所見無し、と。検査終了です。正式な通知は後日送付しますが、まあ、おそらく大丈夫でしょう。廃墟認定です」

「ありがとうございます」

藤原君と二人で、深くお辞儀をする。検査官は、仕事を終えた安堵からか表情を和らげ、額の汗を拭《ぬぐ》った。

「しかし、相変わらず、関川さんとこは仕上げも丁寧だし、安心して検査できますよ。何より移行検査にこうして社長さん自ら来てもらえるんだから安心だ」

「社長の眼の届く範囲以上に事業を拡大するなというのが、先代社長からの遺訓みたいなものですからね。いまどき流行《はや》りませんが。そんなわけで、うちはいつまでたってもしがない廃墟屋の域を脱することができないんですよ」

いやいや、と検査官は首を振った。

「この物件だって他社さんだったら促進剤使いまくって十年で仕上げてしまうとこだが。ちっとは関川さんとこを見習ってほしいもんだ。そんな風だから……」

「何か、気がかりなことでも？」

含みを残して途切れた検査官の言葉に、私は問い返す。

「いや、まあ、最近はいろんな業者がいるからね」

何でもないというように、検査官は言葉を濁した。

検査官や役所の担当者が去り、私たちも帰り支度をしていると、背後に人の気配がした。振り返ると、孫らしい幼女を抱いた初老の男性が私に会釈した。

「関川さん。お久しぶりです」

「おや！　あなたは」

この廃墟の建設当時に役所の担当者だった松島《まつしま》氏だった。今はもう定年退職しており、地元で孫の世話をしながら悠々自適の生活と聞いていた。

「やっと廃墟認定が下りると聞いて、来てしまいましたよ」

孫を腕から下ろし、松島さんは慈しむように廃墟の壁に触れた。

「おたがい、あの時は大変でしたね」

しみじみと発せられたその言葉だけで、当時の苦労がよみがえり、同時に懐かしく思い出せた。

この廃墟を建てた頃は、認定要件緩和後とはいえ、まだまだ住民の廃墟への理解は薄かった。二人して怒声を浴びながら周辺住民を個別訪問し、承諾を得ていったのだ。住廃近接というこの国特有の問題はある。一種の迷惑施設と見做《みな》されていた廃墟が近所に建つとなれば、住民の反対は当然のことだった。

だが、私が周辺住民への理解に重点を置いたのは、それが先代野口社長のポリシーでもあったからだ。先代社長の口癖を思い出す。

「廃墟は、廃墟屋だけで造るもんじゃねえ。まわりに住んでる人間が長い時間かけて一緒に造っていくもんなんだ」

暮らしの一部となって、人々の思いをつなげていくもの。それが廃墟だ。

女の子は、まだ歩き慣れない足取りで廃墟の中に入り込み、小さな手で崩れた壁に触れていた。この子も、あのインタビュアーのように、廃墟の思い出を幼い記憶の内に刻んでくれるだろうか。

◇

「社長、こっちって今の時期、何がおいしいんですかねえ?」

検査を終え、レンタカーのハンドルを握る藤原君が声を弾ませる。今夜は二人でうまいものを食べて、土日はフリーで羽を伸ばせるとあっては当然だろう。私は助手席で笑って応じながら、くつろいだ気分で明かりが灯りだした街を眺めていた。

国道沿いの家々を見送りながら、私はふと一軒の家を見つけ、ある違和感から、車を止めるように命じた。

「藤原君。君のパソコンを借りるよ」

パソコンを開き、廃墟管理システムを立ち上げる。地図情報上に、全国の廃墟および廃墟移行物件の情報がインプットされている。「現在位置」をクリックすると、3000分の1の現在地周辺地図が表示された。

藤原君が横から画面を覗き込む。

「あれ、その右の建物って、廃墟移行物件なんですね。だけど……」

二人して該当の建物に視線を向ける。

「人が住んでるみたいですね」

車を降り、物件に近づいてみる。門前には「前田」と表札がかかっていた。光が灯り、人の気配がする。

地図表示に誤差があるのかとも思ったが、すぐにその考えを打ち消した。目の前の建物は、専門家ならすぐにわかる、廃墟仕様の建築物だったからだ。

藤原君が、パソコンの地図上の物件をクリックし、家屋詳細情報を表示する。

「施工は、どこだ？」

「……鶴崎建設です」

私は絶句した。

完璧な偽装廃墟だった。廃墟建築として申請しておきながら、建築後五年間は検査が無いことを悪用して、一般住居として賃貸しているのであろう。

もちろん廃墟と一般住居の建築物としての認定要件は大きく異なるため、重大な違反行為である。それに、廃墟認定を受ける以前に「実用」として用いられたならば、そこで廃墟認定に至るカウントはゼロに戻ることになる。それればかりではない。廃墟としての「格」はがた落ちである。

おそらく管理しているのは、鶴崎建設の西部支社だろう。吸収合併した、もともとは廃墟への知識も情熱もない会社を支社として、管理を任せきりにしたことが原因と思われた。

「社長、どうしましょう？」

藤原君が戸惑った声を発する。

この問題が表ざたになれば、事は鶴崎建設だけで収まらないのは目に見えていた。廃墟業者の、そしてこの国の廃墟のあり方自体が問われてくるだろう。私は、窓に映る家族団欒《だんらん》のシルエットを見たまま、動くことができずにいた。

廃墟が「癒し」の空間だって？

鶴崎よ。廃墟は、おまえを癒してくれたか？

◇

収穫の時期を迎えたライ麦畑は、吹き渡る風のままに穂を揺らしていた。乾いた音が幾重にも重なり、周囲を満たす。私と佐知子は、黄金色の海原に立つように、どこまでも広がる景色の中に身を置いていた。

眼前に長く延びる連鎖廃墟は、三十五年のうちに新たな廃墟認定区域が増えてはいたが、変わり行くものと変わらないものの狭間《はざま》で、私を待っていてくれた。

妻は、光に手をかざして眼を細め、廃墟と向き合っていた。微笑みかけると、いつものように面映《おもは》ゆげな表情で私を見つめ返した。

「どうしたんですか？」

「いや、やっと約束を果たすことができたから」

「そうですね。五年ごしの約束、ですからね」

その言葉は、責める風ではなかった。この五年間の私の激務ぶりは、彼女が一番良く知っていたからだ。

鶴崎建設の一連の偽装廃墟が発覚して以後、続々と廃墟大手の偽装が明るみに出た。発端となった廃墟物件の住宅転用や、促進剤の過剰塗布は言うに及ばず、風化を速めるための故意の破壊すら常態化していたのだ。

住廃近接状態のこの国では、無断侵入者による破壊行為についてもやむを得ず、廃墟化促進の有効要件となっている。それを悪用し、管理委託業者に定期的な「破壊作業」を行わせていた事実が、廃墟偽装調査委員会の緊急調査により浮き彫りになった。

海外メディアも聞きつけ、センセーショナルな見出しで書きたてた。曰《いわ》く「お手軽な廃墟は、思想までもが脆かった」「廃墟を造るには、時間の熟成と共に、文化の熟成も必要」「我が国では、余剰廃墟の輸出を真剣に検討すべきか（笑）」等々……。

こうして、この国は名実ともに、廃墟三流国の冠を頂くこととなった。

幸い私の会社では偽装は無かった。だが、自社の保身だけを考えて安穏としていることはできなかった。何より、偽装を行った会社の多くは、直接、間接に、わが社が指導してきたのだ。そうした業界の風潮を作ってしまったことには、私にも責任の一端があった。

表舞台に立たぬことを信条としてきたが、そうも言っておれず、請われるままに廃墟審議会の議長に就任した。

審議会では、単に再発防止策を検討するだけではなく、廃墟そのものの存在意義や、この国における廃墟のあり方を根本から議論する必要があった。五年という期間は嵐のように過ぎ去って行った。

そうして、ようやく任期を終え、五年越しの約束の地を、妻と共に訪れたのだ。

「廃墟三流国か……」

自嘲を込めて呟く。この五年間、廃墟に着せられた汚名を払拭《ふっしょく》しようと躍起になってきた。だが今、目の前の連鎖廃墟は、圧倒的な存在感で私の薄っぺらな自尊心など打ち砕いてしまった。大地にしっかりと根を下ろした巨木を思わせる、風土と歴史に根付いた廃墟群は、底知れぬ文化の深みを以《もっ》て私に迫った。

「三流でいいじゃありませんか。父は学会で認めてほしくって廃墟を造っていたんじゃありませんから。あなただってそうでしょう？」

妻の口調は、私の心の内を慮るようだった。結婚して二十五年、私の「廃墟馬鹿」ともいえる日々を支えてくれた彼女でなければ言えない言葉だ。そして、そんな彼女だからこそ、私の変化にもとっくに気付いていたのだろう。

「何か、私に言いたいことがあるんじゃないんですか？」

妻は私に向き直り、いつもと変わらぬ静かな声で尋ねた。

「わかっていたのか」

「あなたが、廃墟との一切の関わりを断った時から、覚悟はしていました」

審議会委員の任期を終えた私は、様々な要職への就任依頼をすべて断り、廃墟の世界の一線から退いた。義父の時代から守り続けた会社も、鶴崎に社長の職を譲り渡した。あの事件で、会社も人望も財産も、すべてを失った鶴崎は、一から出直すために私の会社に入り、修業をし直していたのだ。

「廃墟建築に三十年以上携わった者は、あの連鎖廃墟の建築に参加する資格があるんだ」

妻に促されるようにして、この地を訪れた本当の理由を切り出した。

「廃墟に生涯をかけようと決めたこの場所で、もう一度、最初からやり直したいんだ。私がなぜ廃墟を造り続けるのか。その意味を、一生かけてでも摑《つか》みたいんだ」

穏やかな表情を崩すことなく私を見つめていた妻は、痛みに耐えるように瞼《まぶた》を震わせて眼を閉じ、背を向けた。

長い間、妻は動こうとしなかった。なだらかな起伏をなした大地の彼方《かなた》から、麦穂を波のようにうねらせて一陣の風が訪れ、妻の髪を揺らした。

空を見上げた妻は、過ぎ去る風に乗せるかのように言った。

「あなたも、父と同じ道を歩むのですね」

振り返った彼女は、柔らかな笑顔を浮かべていた。父親と、そして夫と、二代にわたり廃墟に魅せられた者を見てきた彼女だからこその、諦観《ていかん》にも似た覚悟が滲んでいた。

十五年前、病により余命半年と診断された先代野口社長は、入院していた病院から、何処《いずこ》ともなく姿を消してしまった。半年後、地方の小さな町で彼は遺体で発見された。病を押して廃墟を造り続けていたのだ。完成した廃墟の中でこと切れていた父親の亡骸《なきがら》を抱きかかえた彼女は、今と同じ静かな微笑みを浮かべていた。

地平線まで続く平原の向こうに没しようとする太陽が、最後の光を集めて大地を染め上げていた。時の流れすらも失われたかのような、黄昏《たそがれ》の風景だ。

連鎖廃墟は光に包まれて大地に横たわり、私を静かに、そして優しく導いていた。

歩むに連れ、廃墟が目の前にその姿を広げる。私の向かう先は、二百年以上前に造られた廃墟認定部分ではない。最も西端の、今まさに建築されている区画だ。廃墟に魅せられた者にとって、「西の彼岸」とも呼ばれる場所だった。

いつか崩れ、自然へと回帰するその時を目指して造り続ける、建築史の中の異端者、廃墟建築士。過去には、その存在の特異性から迫害を受けてきた歴史もあった。一夜にして領主の居城を廃墟と化した伝説の建築士バルーラの末裔《まつえい》とされ、多くの廃墟建築士たちが謂《いわ》れ無き罪で投獄された暗黒の時代だ。二度と廃墟を造れぬよう両腕を切り落とされた彼らが、口にノミを咥《くわ》え、足で鋸《のこぎり》を挽《ひ》いてまで廃墟を造り続けた理由が、ここにある。

廃墟が人々を癒すものであるならば、我々廃墟を造る者は、何によって癒されようか？

私は思い出していた。自ら造り上げた廃墟に抱《いだ》かれるようにしてこと切れていた義父の、安らかな死に顔を。私はその時、死を悼むと同時に、強烈な羨望《せんぼう》の念を覚えていたのだ。思えばあの時から、妻にはこうなることがわかっていたのかもしれない。

連鎖廃墟西端では、老いた廃墟建築士たちが、一日の終わりすらも意識の外にあるかのように、廃墟を造り続けていた。ゆっくりと、それでも澱《よど》むことなく石を削り、柱を建て、壁を塗る。連携のとれた作業ではあったが、一切の言葉は発せられなかった。

夕日に長く影を伸ばして働き続ける老人たちの姿は、長き漂流の末に浜に打ち上げられた、すべてを削ぎ落とされた枯木を思わせた。それは、廃墟を造っているというより、自らの生命の影を刻んでいるかのようだ。

老廃墟建築士たちは、無言のままに作業の手をとめ、私を見つめた。廃墟に人生を捧《ささ》げた者同士、口にせずともここに来た理由はわかってくれている。皆、静かに頷いてくれた。私は深くお辞儀をして、彼らの作業に加わった。

おそらく私も、そして彼らも、今自分が造っている区画が廃墟となるその時を生きて迎えることはないだろう。それでもなお造り続けることを自らに課す日々。それこそが私たち「廃墟屋」にとっての癒しなのだ。

命のこと切れるその瞬間まで、廃墟を造り続けることこそが。

図書館

ディーゼル列車が、エンジン音をひときわ高めて、ホームに止まった。

扉が開くと、むっとするほどの大気が襲う。冷房で嫌な冷え方をした身体《からだ》に一瞬だけ心地よく、そしてすぐさま、まとわりつく粘着質な熱気となって服の下に滑り込んでくる。

思わず身震いしてしまうほどの暑さだった。

日差しの強さに手をかざし、駅を見渡す。かつては乗換駅として賑《にぎ》わったであろう長いホームに、たった二両の列車は身の置き所がないように思えた。広い構内では、錆《さ》び付いた幾本ものレールが夏草に没しようとしている。遮るものなき夏の光が、世界を白く浮き立たせていた。

四方の山肌に切れ間なく緑が連なる。山々から湧き上がるかのような蝉《せみ》の鳴き声が、遠く近く、幾つも層をなして取り巻いていた。

「さて……」

ボストンバッグを持ち直し、改札に向かう。自動改札に慣れた私は、ぎこちない動作で駅員に切符を手渡した。バスの待合所を兼ねた駅舎は、不必要なほど高い吹き抜けになっている。色褪《いろあ》せたみやげ物の看板だけが、かつての賑わいを忘れていないかのように、姿のない旅行者を迎え続けていた。

「お待ちしておりました」

町の名が記された白いバンの前で、一人の男性が私を迎えた。長身を折り曲げてお辞儀をする。

「図書館の高畑《たかはた》です。遠いところを、わざわざお越しいただきまして」

「日野原《ひのはら》と申します。よろしくお願いします」

お辞儀を返して男性を見つめる。三十代半ばほどだろうか。町営の図書館なので彼も役場の職員なのだろう。流行をきちんと取り入れた襟のシャツが、小さな町に染まってしまうのを拒むように存在を主張していた。とはいえ、人物の見極めはそれだけではできない。

後部座席に荷物を載せ、助手席に座る。

「暑いでしょう、この町は」

額の汗をハンカチで押さえる私に、高畑さんは、まるでそれが彼自身のせいであるかのように言って、慌てて冷房を強めた。貼られた「禁煙」のシールが空々しいほど宿命的に煙草臭い空気が、空しくかき回される。

「盆地の町に特有の気候みたいですね」

「ええ、夏は蒸し暑く、冬は底冷えがします。その分、水がきれいなのでおいしいお酒ができるんですよ」

律儀な左右確認をして、彼は駅前の通りに車を走らせた。

「水が綺麗な所は、女性も綺麗な方が多いんじゃないですか？」

ハンドルを握る左手に指輪がないのをそれとなく確認して、水を向けてみる。

「どうでしょう？　それは、僕の口からは何とも……」

苦笑交じりに言ってスピードを上げる。都会にはない伸びやかさで鳴く街路樹の蟬たちが、間断なく続く音の帯をつくる。

駅前の目抜き通りだが、人影は少ない。まるで強い陽光の中に溶け込んでしまったようだ。蟬の声が、人々が溶けゆく音であるかのように、一瞬錯覚を起こさせる。

「期間中の住まいの件ですが。すみません、お伝えした通り、この町には満足なビジネスホテルもありませんので、ウィークリーマンションを使っていただくということで」

「いえ、ホテルだと外食ばかりになってしまうので、実はその方がありがたいくらいです」

気を遣わせまいと、そして半分は本心からそう言った。

「どうされますか？　まず部屋の方に？」

「いえ、直接図書館に向かっていただけますか」

六時間の列車の旅の疲れはあったが、早く図書館の姿を見たいという欲求の方が勝っていた。

◇

図書館は、わざわざ車で出迎えてもらったことが申し訳ないほどに、駅から程近い場所にあった。この地方特有の石造りの意匠を施された、四階建ての重厚な建物だ。

「開館は、四十年ほど前と伺いましたが」

事前に届けられた資料にはひと通り眼を通していた。

「ええ、正確には四十三年前です。周辺市町村に先駆けての設置でしたので、当時は最新鋭の施設として話題を集めましたが、各市町村に図書館が揃った今となっては、単なる時代遅れのオンボロです」

高畑さんが首を振る。職場に愛着を持つ者に特有の逆説的な表現とも思えたが、その言葉は変に醒めているようにも感じられた。

「でも、落ち着いた雰囲気の、いい図書館ですね」

実際、図書館の醸し出す雰囲気は千差万別で、一つとして同じ印象を残すものはない。我々が一人ひとり個性を持つように、図書館もまたそうなのだ。同じ人数の閲覧者でも、騒々しく感じるところもあれば、美術館のように静寂を保つところもある。

「まあそれも、今週いっぱいですね」

閲覧室を見渡しながら、高畑さんが呟く。

「と言うと？」

「来週から、かわいいお客様がたが大勢いらっしゃいますから」

「ああ、そうでしたね」

学校と関わる仕事でもなく、身近に子どももいないため、すっかり忘れてしまっていた。「夏休み」というものの存在を。声は迷惑げだったが、彼の顔にはむしろ、小さなお客様の到来を待ち受けているような楽しげな微笑みが浮かんでいた。

私に見られていることに気付いて、彼はあわてて表情を仕事用のものに切り替えた。

「行きましょう。館長室にお茶を用意しますので」

本を運ぶことが主目的の業務用エレベーターに二人で乗り込む。昇っているのかどうかもわからぬほど緩慢で、階段の方がよほど早いように思えた。

館長室は、古い図書館らしくゆとりを持ったつくりだった。元の模様が判別できないほど褪《たい》色《しょく》した絨毯が、必要以上に古臭い印象を部屋に落とし込んでいる。

初老の男性がおもむろに立ち上がった。仕立ては良いが型の古い背広が、部屋の古臭さを強調する小道具であるかのようだ。迎えるしぐさと促すしぐさとが相半ばした手つきで、私は自然にソファへと導かれた。

「館長の石川《いしかわ》です」

「ハヤカワ・トータルプランニングの日野原と申します。今回はご依頼いただきまして、ありがとうございます」

高畑さんも館長の横に座り、二人して私に対面する。スプリングが寿命を迎えた、ふわふわとした座り心地のソファに浅く腰掛け、タイトスカートからのぞいた膝の上にそっと手を置く。

館長は、おそらく定年退職間際に町役場から赴任したのだろう。物腰の柔らかさと言葉の穏やかさは、役場で要職を重ねてきたことを窺わせた。基本的に私のような「若い女性」は、決して仕事上の対等な存在としては認めていない、そんな相手だ。

もちろんそんな分析などおくびにも出さずに、真面目にもにこやかにも即時に切り替えられる静かな微笑みを浮かべ、ビジネスの話へ移行する態勢を整えた。

この年代の地方人の特徴なのか、石川館長は歴史に造詣が深く、この地方では有名らしい戦国武将の活躍譚に花を咲かせた。私は興味を持っているそぶりを崩すことなく、かつ、話をこれ以上深めないように気を配って頷きながら、アルバイトらしき女性が出してくれたお茶を飲んだ。

二十分ほど迂回《うかい》した後、ようやく仕事の話となった。

「昨年の夏、町長が州都の動物園の夜間開園を視察してきましてね。子どもたちの喜ぶ様子を見て、うちの町でも何かやれんか、と言い出したわけなんですよ」

夏休み期間中の夜間開園は、全国の動物園で行われている。動物の多くは夜行性のため、昼間に訪れても寝ているか、獣舎に閉じこもっているばかりだが、夜には活発に動き回っているとあって、どの動物園でも夏休みの人気行事になっている。

「とは言うものの、この町には、動物園も水族館もありませんのでね。何かないかと探しておったところに、こちらの高畑君が、ハヤカワさんの噂を聞きましてな。それで、せめて夜の図書館を子どもたちに体験させてやりたいと」

館長に水を向けられても、高畑さんは特段反応を見せなかった。私は話を促すべく、静かに頷く。

「ご覧いただいた通り、四十年以上前に建てられたものですから、目新しいことは何もないのですが、こんな図書館ほど、夜の開館には向いていると聞きましたのでね」

一応の「学習」はしてくれている相手に敬意を表し、私は少しだけ表情をなごませる。

「そのとおりでございます。今のところ国内で夜の開館を実施しているのは、開館して三十年以上の図書館がほとんどです。もっとも、こちらでも可能であるかどうかは、調査してみないことにはわかりませんが」

「夏休みが始まってすぐにでもできれば、ありがたいですがな」

すなわち、あと五日で準備を整えろということだった。直前の私の言葉など聞き流したかのような発言に、私は込めたばかりの敬意を消し去った。

「夜の開館には、様々な危険が付きまといます。まずはこの図書館を見極めないことには、いつから始めるというお約束はできかねます。単なる手続きのために私たちの仕事があるわけではないんです」

客観的に事実を伝え、過剰な期待を抱かせないこと。客商売ではあるが、プロとしての矜持《きょうじ》を持ってクライアントに接する。それが私たちの会社の基本スタンスだ。

館長は表面上の穏やかさは崩さず、眉と口元だけを僅《わず》かに不快げにゆがめた。

「館長、安全上の見極めも必要になってきますので、早急な判断はできないかと思いますが」

高畑さんが取り成してくれた。館長は、基本的に彼や私のような「若造」の話を真摯《しんし》に聞く気はないようで、理解したのかどうかもわからぬ鷹揚《おうよう》な頷き方をした。

「まあ、町長も期待していることですし、なるべく早く実現するように願いたいものですな。開館の暁には、町長も見学に来ますからな」

「承知いたしました」

そこで働く者ですら、図書館の本来の姿を忘れ、軽んじるようになっている。私は、頭を下げると同時に、悟られないように静かにため息をついた。

「すみません、館長は、実務は何も知らないもので」

館長室を辞し、声の届かぬ場所まで歩いた所で、高畑さんが申し訳なさそうに頭を下げた。

「いえ、いいんです」

理解されにくい仕事であることは百も承知だ。職場すべてを敵に回しての業務も珍しくはなかった。彼だけでも理解を示してくれることはありがたかった。

狭い廊下で、私のヒールと彼の革靴、二つの靴音が、ありもせぬ焦燥をつくりだそうとするかのように無秩序に響いた。

「とはいえ、司書資格を持つ私ですら、図書館の本来の姿に触れたことはほとんどないのですが」

微妙なニュアンスを含んだ言葉だった。

「高畑さんは、おありなんですか、夜の図書館をごらんになったことが？」

彼はあいまいな表情で肯定とも否定ともつかず頷くと、私を車に促した。

「それでは、宿舎の方にご案内しましょう。今日は旅の疲れを取ってもらわないと」

◇

用意してもらったウィークリーマンションは、市街地の端に位置し、窓の外には青々とした田園が広がっていた。

こんな小さな町でウィークリーマンションの需要があるのかとも思ったが、高畑さんによると、町外れの工業団地で働く派遣労働者が住んでいるとのことだった。

「それでは、明日八時半のミーティングの際に、他の職員に紹介しますので」

部屋の鍵を渡すと、高畑さんは一礼し、公用車で帰っていった。

中に入り、熱気のこもった部屋の空気を入れ換えるべく、急いでカーテンと窓を開けた。六畳ほどのフローリングの部屋に、バス・トイレの付いたワンルームマンションだ。ひと通りの家具と、調理器具や掃除道具などが揃っていた。メモ帳を片手に部屋の中をざっと検分し、買い足すべきものをリストアップしてゆく。

――なんだろう、この感覚？

芽生えた違和感が「懐かしさ」に由来していることに気付く。大学生の頃、首都に出てきて最初に住んでいた部屋と同じ間取りだったのだ。

――もう、十年も前の話なんだ……

◇

あの頃の不安や小さな焦燥が蘇《よみがえ》って、感傷的な気分になってしまう。部屋の隅に立てかけられた鏡に自分の姿が映りこんでいた。十年の月日で変わってしまった私と、変わることができなかった私が、何かを責めるように向き合い、それぞれを見つめていた。

「さて……」

鏡の中の自分に向かって呟き、小さく伸びをした。

歩いて十分ほどの場所にスーパーがあることを高畑さんに教わっていた。普段着に着替えて、前もって送ってあった荷物から履きやすい靴を取り出し、外に出る。夏の息の長い日差しもようやく弱まり、昼間とは違う種類の蟬が、陽光の衰えを嘆くように鳴き盛っていた。

今朝まで首都の雑踏の中にいたのに、今は小さな町の外れの路地を、普段着で買い物袋を提げて歩いている。

会社に入って六年。一人前に仕事ができるようになってからは、ずっとこうして見知らぬ街の風景の中に身を置いてきた。いつのまにか、そんな生活にすっかり慣れてしまった自分に気付かされる。

仕事のやりがいと、「人生」なんて大仰な言葉と釣り合わぬ日常との折り合いをうまくつけることができずに、心を寄る辺なく彷徨《さまよ》わせた頃もあった。だが今は、そんな思いも遠ざかってしまった。

——私は、どこへ行くんだろう?

曲がり角の先にどんな風景があるかもわからぬ目の前の路地に、思わず立ち止まった。蝉の声が、行き場のない焦燥に形を与えようとするかのように、私を取り囲んでいた。

◇

翌朝、ミーティングの際に、私は図書館の職員たちに紹介された。

事前に渡された資料によると、十二人が働いていた。館長と高畑さんを含めて四人が町役場の職員、五人が図書館専門の派遣会社からの派遣職員、そして残りの三人はアルバイトということだ。

「今日から一ヶ月ほど、皆さんと一緒に……、いや違うな。皆さんの仕事のお手伝いを……でもないし」

高畑さんが説明に苦慮しているようだったので、私は一歩前に出て、頭を下げた。

「ハヤカワ・トータルプランニングの日野原と申します。皆さんにいろいろとお尋ねすることもありますので、ご協力お願いいたします」

職員たちは複雑な表情で目礼してきた。無理もない。私のような仕事はまだまだ馴染みがないであろうし、もうすぐ夏休みで忙しくなるのに余計な仕事を増やしてくれるな、というのが本音だろう。

ミーティングが終わり、職員たちはそれぞれ開館準備に取りかかった。高畑さんに連れられて成人用のカウンターに向かい、きびきびした様子で立ち働く小柄な四十代くらいの女性を紹介された。

「わからないことは、鵜木《うのき》さんに聞いてください。もう二十年も勤めている、生き字引みたいな存在だから」

「そう言ったら聞こえはいいけど、単に役場の方で引き取り手がないってだけだからねえ」

鵜木さんは、悪びれる風もなく言って、書架へ戻す返却本を腕いっぱいに抱えたまま笑う。

業務初日ということで朝のミーティングから参加したものの、「仕事」の本番までは時間がたっぷりとある。私はゆっくりと館内を巡った。標準的な図書分類に従い、東側の壁面の0類から順に本が並べられ、西側の壁面の9類で終わっていた。

丹念に書架を辿《たど》り、本をチェックしていく。といっても、実際に本を手に取ることはまれで、絵画を鑑賞するように、まず少し離れて一つの書架の全体を視野に収め、しかるのち、近寄って仔細《しさい》を検分する。必要なのは、この図書館における本の全体像をつかむことだ。

成人用の書架から児童用の書架へ、そして調査室の「禁帯出」の本へとチェックを進める。それだけでたっぷり三時間はかかった。さすがに疲れを覚えて、バックヤードに置かれた折りたたみ椅子に座って、目頭を押さえる。

「お疲れ様」

鵜木さんがカウンターから顔を覗かせた。当の本人は、一日中立ち仕事だというのに、疲れた様子もなく、むしろ小さな身体では消費しきれぬ有り余るエネルギーを周囲に放射するようだった。

「鵜木さんは元気ですねえ」

人によっては「褒め言葉」と受け止められない言葉だったが、彼女に対しては失礼にならぬように思えた。

「まあ、この仕事が天職だって思ってるから。好きな仕事で食べていけるって、幸せなことじゃない？　疲れたなんて言ったら、バチが当たりそうでさ」

自分に言われている気がして、何とはなしに背筋を伸ばす。

「あの、鵜木さん、伺いたいことがあるんですが」

「いいよ、私にわかることなら」

鵜木さんは、忙しいにもかかわらず、丁寧に答えてくれた。利用者の実態や、リクエスト図書の傾向、傷んだ本の補修の仕方や廃棄本の処理方法。どれも、統計資料だけではわからぬことであり、欠かせない情報だった。働く人々と本とが、どんなつながりを持っているのかも、「仕事」をするにあたっての重要なポイントだったからだ。

「高畑さんは？」

「彼はね、五年前からここに勤めてるの。その前は首都の民間の会社で働いてたそうだけど」

「首都で？」

「うん、両親の面倒見るために帰ってきたって言ってるけどね……」

言《い》い淀《よど》む風を見せて、鵜木さんは首を振った。

「ごめんね、人のうわさ話ってあんまり好きじゃないんだ」

いかにも彼女らしい答えだと思いながら、私は頷いた。

「ところでさ、日野原さん」

鵜木さんが、童女のように好奇心旺盛な瞳で身を乗り出してくる。

「ホントにここの本に、夜間開館なんてできるの？」

疑っている様子ではなかった。まるで、担任するクラスの子どもたちの発表会がうまくいくかを心配する先生のようだった。

「ええ、それを可能にするために、私が来ているんですから」

本への愛情が伝わってきて、思わず微笑みを添えて返す。

「そうかぁ、この子たちがねえ」

鵜木さんは、感慨深そうに、書架を見渡した。

◇

その夜、私は一人、図書館に残ることにした。

「大丈夫ですか?」

懐中電灯を手渡しながらも、高畑さんは少し不安そうだ。

「よかったらご一緒しますが」

「ありがとうございます。でも、まずは図書館とじっくり向き合いたいので、一人でまわってみます」

なおも不安を隠そうとしない高畑さんに、こちらもこの仕事の「プロ」なのだという意思をしっかりと示す。遠慮ではなく拒絶であることを、彼はようやく理解してくれたようだ。

「何かあったらすぐに連絡してください。それでは、僕は失礼します」

昨日と同じように、長身を折り曲げるようにお辞儀をして、彼は去っていった。車のテールライトを見送り、私は一人、貸出カウンターに立った。

無人となった館内に、古風な壁掛け時計が時を刻む音だけが響く。

手にしたマニュアル書に視線を落とす。そこには「図書館調教マニュアル」と記されていた。

本当は、昨日一歩足を踏み入れた瞬間から、私の「仕事」は始まっていた。仕事とはすなわち、図書館の「調教」だ。高畑さんと館内を巡りながら、館長と話しながら、私と図書館との声無き対話は始まっていたのだ。

――じゃあ、始めますよ――

いまだ判然としない「図書館の意識」に向けて、心の中でそう呟いた。

かつて「彼ら」は、図書館という名前ではなく、「本を統《す》べる者」と呼ばれていた。多数の本を引き連れて世界の空を回遊し、「統べる者」同士が、引き連れる本の多寡で覇を競いあったのは、もはや伝説にしか残っていない、はるか昔の話だ。

幾人もの画家たちがその姿を追い求めてあてなき流浪の旅を続け、音楽家たちは、まだ見ぬ本の回遊に夢想をかきたてられ、楽曲をものしてきたのだ。

「本を統べる者」が初めて建物の中に囲い込まれ、「図書館」という名前で呼ばれるようになったのは、今から八百年ほど前のことだ。当時「本を統べる者」は、組織的に本を略奪する狩猟者の跋扈《ばっこ》により、絶滅の危機に瀕《ひん》していた。本を奪われてはもはや「統べる者」たり得ず、誇り高い彼らは次々に憤死していったという。

その状況を憂えた時の賢帝により、「本を統べる者」は地に繋がれ、人間の知の欲求に応える代償として、決して生命を脅かされぬ保障を手に入れた。「本を統べる者」と本たちは、「図書館」と呼ばれる場所に、安住の地を見出したのだ。

図書館に入ると、なぜかしら襟を正すような気分にさせられるのは、そうした古《いにしえ》の「血の契約」が、今もまだ厳然と生きていることを無意識のうちに嗅ぎ取ってしまうからであろう。

地に繋がれたとはいえ、「図書館」は、完全に野性を失ってしまったわけではない。人のいない深夜だけ「野性」を取り戻すのだ。そこで働く者にとっては周知の事実であるが、一般の人々にはほとんど知られてはいない。

閉ざされた暗闇の中で、図書館の野性に庇護《ひご》されて、本たちはゆっくりと回遊し、遺伝子に遺された野生の血を受け継いでゆく。

長き図書館の歴史に思いを馳せ、静まり返ったフロアを見渡した。私は、「図書館の野性」を、一般の人々にも触れる機会を持たせるべく派遣されてきた「調教士」だ。

夜の図書館を一般公開するというのは、猛獣の檻《おり》の中に人を案内しようとするようなものだ。だからこそ、私のような仕事、すなわち「図書館の調教」が必要となってくる。

本当は「調教」という言葉を使うのは、好きではない。

私と図書館との関係は、ある意味対等だと思っている。

もっともそれは、調教士側からの一方的な物言いなのかもしれない。いかに友好的、かつ対等な立場だと思って調教を行ったとしても、相手の言い分を聞くことはできないのだから。

◇

調教の技術が確立したのは、ここ数十年ほどのことで、歴史はそれほど長くない。

調教は、一般の動物に対するものと同様だ。それぞれの図書館の個性に応じて、図書館とその蔵書たちを、時に励まし、時に叱咤《しった》し、なだめすかしながら、意のままに扱うべく訓練していく。

図書館の野性も、昔に比べて随分と大人しくなったといわれている。中には、すっかり地に繋がれる立場に安住し、野性を失ったかに見える図書館もある。夜が訪れても静まり返り、本が回遊する兆しすら見せぬ図書館は、かつての「本を統べる者」としての誇りすら失ってしまったかのようだ。そうなると、調教することもできず、もちろん夜間開館することもできない。

いずれ、図書館が野生の血を持っていることなど忘れ去られ、博物館や美術館と同じ、単なる公共施設の一つになってしまうのではないだろうか。

時代の流れだと割り切って考える人々もいたが、私はどうしても心にわだかまるものが残ってしまう。もちろん会社にとってのビジネスチャンスが減ることでもあったし、それを抜きにしても、一抹の寂しさを感じる。

——でも……

調教前の静まり返った夜の図書館に立ち、いつも思ってしまう。

もしかしたら、野性は薄まってなどいないのではないだろうか。冬眠でもするかのように奥深くに本性を隠し、密かに牙を磨《と》ぎ続けているのではないだろうか、と。

私は、心の片隅で畏れている。いつか図書館が野生の本能を目覚めさせ、鋭い牙をむく時を。

◇

「図書館調教マニュアル」の第一章を開いた。

調教ヲ行ウニアタッテ　一

図書館ヲ調教セントスル者ハ　無我ニヨリテ　本ニ危害無キヲ知ラセ　自然ナル姿ヲ観察スベシ……

柱時計が午前零時を指した。野性を取り戻す時間だ。だがもちろん私がここにいる以上、微塵《みじん》もそんな様子を表そうとはしない。野生動物が、決して人前に姿を現さず草陰から監視しているように。

まずは私の存在を消してしまう必要があった。とは言っても、気配を消すわけではないし、座禅などでいう「無我の境地」を極めているわけでもない。私が行うのは、すり替わることだ。私は私ではなく、一冊の本となる。

本来、図書館調教の業務は、専門分野ではない。私の主要業務は、動物園で、そこに存在しない動物を観客に「観せる」ことだ。だが、図書館の調教は、動物園で培った技術を応用して対応することが可能だ。最近の「夜の図書館ブーム」ともいえる盛り上がりのせいで、どちらが主要業務なのか、自分でもわからなくなってきているというのが現状だった。

一冊の本となるべく、マニュアル化された手順を意識の中で辿っていく。それは、「表出」「融合」「対流域確定」「固定」という四つのプロセスだった。

ソファに座り、静かに眼を閉じる。まずは、自分の中に本を「表出」する。イメージはいつも決まっている。藍色の布張りの表紙を持ち、背の部分に金糸で綴《つづ》られた題名は読み継がれるうちにすっかり擦り切れ、今では判読することもできない。そんな一冊の古い本だ。

まずは擦り切れた金糸文字のイメージを導き出し、それを接《つ》ぎ穂《ほ》として、いくつもの本の特徴を意識の中で重ねていく。

日に当たってそこだけ褪色し、鈍色《にびいろ》となった背の部分。途中で切れてしまった栞紐《しおりひも》。子どもに乱暴に扱われて破れ、補修された二百三十五頁。バーコード読み取りになって今は使われていない、図書カード用のポケット。

意識のカンバスの上に、一層ずつ本のイメージを重ね塗りし、全体像を構築する。最後に細部の微調整を施し、私の中に、本の「表出」が定まった。

次の「融合」は、四つの中でも技術的に核となるプロセスである。簡単に言うならば、表出された本のイメージと、私自身の内なる自己とを「織り交ぜ、一体化させる」行為だ。

私と、表出された本の特性とを、交互に折り重ねる。二冊の本を一ページずつ交互にはさみ込んでいく様を想像するとわかりやすいだろう。私と本とが、接着されたかのように強固に結びつく。

そうして、今度は結びついた私と本との境界を「溶かし」ていく。二つの液体を同一の容器に入れ、攪拌《かくはん》せずに混じり合うのを待つイメージだ。互いが互いに向けてゆっくりと滲出《しんしゅつ》し、境界が意味をなさなくなる。

ついには、私と本とは過不足なく溶け合い、別《わか》つことのできぬ同時存在となった。すなわち、私が本で、本が私だ。

三つ目のプロセス、「対流域確定」は、つい最近「拡散」から名称変更されたが、イメージとしてはむしろ「拡散」の方が伝わりやすいだろう。文字通り、表出された対象を、自己の内側から、可視化できる外側へと「拡げる」行為だ。私は建物いっぱいに、「観られる」範囲を広げた。

そして最後に「固定《キープ》」する。表出した対象を安定させ、突発的な事態で消えてしまったりしないように「固定化」する。

四つのプロセスを順調に辿り、私はソファの上に置き忘れられた一冊の本となった。高畑さんの同伴を固辞したのは、彼の目の前で姿を消して本の姿を表出するわけにはいかなかったからだ。

五分ほど経っただろうか。

臆病な小動物が巣穴から顔をのぞかせるように、一冊の本が、並んだ本の列からもぞもぞと背をはみ出させた。

何冊かの勝気な本が、競い合うように勇んで書架から飛び出す。行儀よく並ばされていたことがさも窮屈だったというように伸びをし、頁をいっぱいに広げて羽音を響かせた。

安全と見定めたのか、残りの本たちも次々に書架から飛び立った。一日の労をねぎらいあうようにホバリングして群れ集い、誘い合って天井近くまで上昇して回遊し、つかの間の自由を謳歌《おうか》する。

書店や個人の蔵書など、様々な場所に本は存在するが、飛ぶことができるのは、図書館の野性に触発された本だけだ。

本ならではの芳醇《ほうじゆん》な言葉のイメージを振《ふ》り撒《ま》くようにして、彼らは飛び続ける。私は、飛ぶのが苦手な一冊の本となって、彼らの回遊を邪魔せぬように見上げていた。

◇

調教ヲ行ウニアタッテ　ニ
本ノ飛翔起コリシ後ハ　飛翔ノ性質ニヨリテ　図書館ノ意思ヲ見極メルベシ……

注意深く観察していると、一見自由奔放に飛び交っているかに見えるが、いくつかの集団に分かれていることがわかってくる。

天井近くで、優雅な羽ばたきでゆったりと回遊しているのは古参の本たちだ。それより一段低い位置に陣取り、まるで曲芸でもするように、下げられた分類表示や蛍光灯をすり抜けて群れ遊ぶのは、中堅どころの本たちだろう。

面白いのは、彼らは図書分類ごとに、つまり3類は3類で、9類は9類でそれぞれ群れを形成し、他の類と交わることはない。反目し合っているわけではなく、類ごとに飛び方がまったく異なるからだ。

工業や建築を含む5類の本は、航空力学に適《かな》った理想的な飛行を追求するのか、まるで航空機の滑空を見るようだ。かと思えば、美術や音楽を含む7類は、飛び方が優雅で遊び心を持っている。

多くの本が飛翔を楽しむ中、書架に残ったままの本もいる。図書館の野性に染まりきれていない、新参の本たちだ。

飛び立つ勇気が持てず、表紙を羽ばたかせては怖気《おじけ》づいたように書架の奥に引っ込む本もいれば、飛べることが理解できずに、神妙に書架に収まって身動きしようとすらしない本もいた。

もちろん上空の本たちも、自分にもそんな頃があったことを覚えているので、「新人たち」を見捨てることはない。書架の前でホバリングするように静止して励まし、図書館の本の一員として、飛ぶことができるのだと教えようとしていた。教育書を含む3類を中心とした、きちんとした教育係が存在するようだ。

非常に統率の取れた集団だった。つまり、図書館の意思は安定している、と判断してよいようだ。

図書館の意思は、直接的に感じ取ることはできない。私たち調教士は、本の飛翔の様子から演繹《えんえき》して判断するほかない。言うなれば、直接は見ることも触れることもできない「風」という存在を、草木の揺れや頬にあたる強さから感じ取ろうとするようなものだ。

◇

調教ヲ行ウニアタッテ　三

図書館ヲ調教セントスル者ハ　閉架図書ニハ最大限ノ注意ヲハラッテ接スベシ……

マニュアルを閉じ、立ち上がる。もちろん本の姿は「固定《キープ》」したままだ。一度固定が完成すれば、どんなに私自身が動こうとも、表出が解けることはない。

バックヤードへの扉に手をかけ、覚悟を決めるように大きく息を吸った。

閉架図書とは、古くなったり利用頻度が少なくなったりして、バックヤードの閉架書架に置かれた本のことで、一般の閲覧者が直接触れることのできる開架図書に対する言葉だ。

閉架図書への対応には用心しなければならなかった。

説明の必要もないだろう。今まで日の光を浴びていたものが、暗い牢屋につながれるように窓すらない場所に閉じ込められ、いつとも知れぬ自分が役立つ日を永遠に待ち続けるのだから。しかも、もしかすると一度も日の目を見ぬまま廃棄されるかもしれないのだ。その恐怖と絶望、そして鬱屈《うっくつ》はいかばかりだろう。突然訪れた私が「意思の疎通」を図ろうとしても、心を開いてくれるはずもない。

「おじゃましますね」

閉架図書は古い本がほとんどで、中にはこの館の開館と同時に蔵書となった本も含まれている。私は、「長老たち」に敬意を表し、挨拶《あいさつ》をしてから彼らの領域に足を踏み入れた。

閉架書架ならではの埃臭《ほこりくさ》い空気の中に、時を経て熟成された「知」の重みがはっきりと漂っている。

緊張を保ったまま書架を巡る。閲覧者が直接触れることを想定していないため通路は狭く、採光など考慮せず天井までびっしりと本で埋め尽くされている。迷路に迷い込んだ気分になる。

閉架図書たちは、開架の本の騒ぎなど他人事《ひとごと》であるかのように鎮まっていた。物言わぬ本の壁を眺め歩きながら、私は意外な思いを抱いていた。

それは、彼らが飛んでいないから、ではない。

閉架の本たちは、めったに飛び回ることはない。飛ぶことは開架の「若い者」に任せ、思索にふけるように書架にじっとしていることがほとんどだ。

意外だったのは、本から受ける印象が、とても穏やかだったからだ。

もちろん図書館が様々な個性を持つように、閉架書架も一様ではない。近づいた途端に、言葉にも感情にもならぬ重苦しい圧迫感に襲われる場合もある。

だが目の前の本たちは、卑屈でもなく、諦《あきら》めでもなく、古き本としての誇りを持って鎮座しているように感じられた。悠々自適な隠居生活を楽しんでいるかのような、落ち着いた充実ぶりが察せられたのだ。

「これなら、大丈夫かな」

本にともなく、自分にともなく、そう呟いた。

◇

翌日から、勤務形態を調教対応に切り替えた。

夕刻に図書館に赴くと、真っ先に高畑さんが近寄ってきた。

「どうでしたか?」

神妙な面持ちだ。自分の図書館を審査されているような気持ちなのだろうか。

「一晩ではわかりませんけれど、でも、いい感触をつかんでいます」

彼の口元が安堵でほころぶ。

「そうですか。それは良かった」

その言葉に、他の人物を重ねてしまい、絶句してしまった。

「どうしました?」

「……いえ、何でもありません。今夜も予定どおりに業務を行いますので。失礼します」

動揺を悟られぬよう殊更に事務的な口調で取り繕い、お辞儀をしてその場を離れた。見つめられているのがわかって、思わず早足になってしまう。

それから毎晩、私は「図書館」とゆっくりと向き合い続けた。もちろん「ゆっくりと」というのは、手を抜いているわけでも、気長に構えているわけでもない。

それは動物の調教も同じだろう。性急さはかえって事の本質をゆがめてしまう。私は鞭《むち》を持って曲芸を仕込もうとしているわけではない。意思の疎通は図れないながらも、図書館と理解し合うのだと考えている。だからこそ、「調教」という表現はしたくないのだ。

一週間目には、「表出」を解いて人間の姿を見せても、本たちは気にしないようになり、十日目には、電気をつけていても大丈夫になった。中には、私に興味を示して肩先に乗ってくるような好奇心旺盛な本もあった。

差し出した指先にキスするように背の端を寄せる本を、小さく突《つつ》いた。

「そろそろ、第二段階かな」

◇

調教ヲ行ウニアタッテ　四

図書館ノ性質ヲ摑ミシ後ハ　図書館ノ姿ヲ導キ出シ　対話ニヨリテ自ラノ図書館ノ像ヲ確立スベシ……

これまでの作業はいわば前哨戦《ぜんしょうせん》。いよいよ調教の本番に取りかかる。

この技術は、動物を「観せる」技術とは一線を画する。業界でも老舗《しにせ》と呼ばれる数社にしか技術供与されていない。私も社長からじきじきに教えを乞い、ようやく自分のものとして習得できた。マニュアル書も普通とは違い、鍵のかかる特殊なものだった。

図書館の意識は形を持たず、また明確な意思を感じ取れるものでもない。そんな存在をどう調教するのか？　その方法は、実際のところ説明し難いし、明確な技術と呼べるものでもない。

まず、架空の図書館の像を、自分自身の前に想定する。最初の段階では、ただの四角い箱のイメージで構わない。その箱に向かって、様々なことを語りかけていく。この地でどんな時を過ごしてきたのか、どんな利用者がいるのか、図書館員のことをどう思っているか……。鵜木さんにいろいろと尋ねたのは、このためだ。

それは調教というより、私と図書館との「対話」だった。夜間開館でもっとも時間がかかるのが、この部分だ。ゆっくりと、時に回り道をしながら、姿無き相手との対話を繰り返す。

図書館をイメージ化した「箱」は、いわばブラックボックスだ。規則性は持っているが、その規則性があまりに複雑で、一見無秩序な反応を示しているようにしか見えない。その反応を抽出して、図書館の像を演繹的に確立するわけだ。

反応とはもちろん、本の飛翔の様子だ。漫然と見ていても判りはしない。だが、辛抱強く続けるうち、違いがおぼろげにわかってくる。

オーケストラの奏でる交響曲を聴くときのことを思い浮かべてほしい。聴き慣れぬうちは、一つの「曲」としてしか認識し得ないが、聴く耳を培ううちに、一つ一つの楽器の音を聴き分けられるようになり、いつしか演奏者一人ひとりの調子の良し悪しまで判別できるようになる。

それと同様に、何度も対話を重ねていくうち、単なる「箱」としてしか認識できていなかったものが、次第に輪郭を持ち始める。

十日という長い日数を費やして、私は、自分だけに見える図書館の像を確立した。

明確な姿や形を伴った像ではない。視界の中央ではなく端の方に映るものを思い浮かべるとわかりやすいだろう。そこになにかが「ある」ことや、そのものの色や形はおぼろげにはわかるが、焦点の合った明確な姿で認識できるわけではない。

それが、私と図書館の意識が結びついた上で結実した像なのか、それとも単なる思い込みで生じた像なのかは、私自身にも判然としない。実際、他の能力者がやれば、図書館はまったく違う像となって立《た》ち顕《あらわ》れるであろう。

「見ル者ニヨリテ姿ヲ変ズル」と古文献に記される図書館なればこその具像化の技術である。

◇

調教ヲ行ウニアタッテ　五

図書館ノ姿ヲ確立セシ後ハ　図書館ノ性質ニヨリテ　介入モシクハ協調シ　本ノ飛翔ヲ操作スベシ……

図書館の意識に「介入」するか「協調」するか。それは、調教士にとって永遠の課題であり、今も最終的な結論は出されていない。

実体のつかめぬ存在が相手であるから、極端な話、どんな命令を下すこともできるのだ。

だが会社の基本理念は、図書館の野性を尊び、束の間《つかま》その恩恵に与《あずか》る、というものだ。それ故、曲芸飛行を無理強いすることはないし、本を疲れさせるようなこともしない。サービス先行で野性の保護を顧みない新興の会社に技術供与しないのはそのためだ。

――じゃあ、お願いします――

図書館の意識に協調し、館内のすべての本を統率し、動かしてみる。図書館の意識という「風」の上に静かに翼をあずけ、高みに飛翔してゆくイメージだ。

本たちは従順に動いてくれた。数万冊の本が、私の意のままに大きな波を思わせて動く様は、いつもながら圧巻だ。もっと高度な動きをさせたくなる誘惑を抑え、何度か同じ動きを繰り返してコツを摑む。

どうやら、夜間開館にあたっての支障は無いようだった。

◇

夕方に出勤すると、車で外出していたらしい高畑さんが、段ボール箱に入った荷物を降ろしているところだった。力仕事のため、ワイシャツは腕まくりされ、ネクタイをした襟元はくつろげられていた。

段ボール箱を抱えたまま笑いかけられる。日差しに汗が光って、今までにない精悍《せいかん》な姿が迫ってくるようで、少し慌てて視線を落とす。

「これは、寄贈本、ですか？」

「ええ、読書家だったご主人が亡くなられて、活用して欲しいと話があったので受け取りに行ってきたところです」

全部で十箱ほどある段ボールを高畑さんが開けていくのを背後から覗き込む。内心、やっかいだな、と思いながら。

野性の影響を受けづらい本、というものが存在する。内容の面では、辞典や年鑑、哲学書や経済書が、そうした本にカテゴライズされる。

そして生い立ちの面では、今回のような寄贈本、それも本に愛着を持った個人の蔵書として年月を重ねてきた本がそうだ。まっさらな意識のまま図書館にやってくる新刊本とは違って、個人所有の本を「図書館の本」に帰属させるのは難しいし、長い年月を要する。

寄贈本の受け入れ担当である鵜木さんに、夜間開館中は書架に並べるのを保留してもらうことにして、忘れぬようメモ帳に記した。

「今夜も熱帯夜でしょうね。暑いでしょうが、ご苦労おかけします」

一仕事終えて汗を拭いながら、高畑さんが申し訳なさそうに頭を下げる。彼のそんなしぐさを見るのは何度目だろう。

「いえ、慣れていますから」

私一人の作業のために冷房を入れるわけにはいかず、本が逃げ出さぬよう窓を開けることもできなかったので、夜の作業はいつも蒸し暑さとの戦いだった。

高畑さんは、会話の接ぎ穂を探すように、視線を宙にさまよわせた。私から口にしない限り、彼が進捗《しんちょく》状況を質すことはない。何も言われることはなかったが、夜間開館を早く実施しろという館長の要求への防波堤になってくれていたのは確かだろう。感謝をこめて、私は言葉を加えた。

「それに、暑い思いをするのも、今夜が最後になりそうです」

「それじゃあ？」

光が差したように表情を明るくする高畑さんをまぶしく思えて、眼を細めて頷いた。

「明日から夜間開館を実施できそうです」

◇

「日野原から、業務連絡です。社長をお願いします」

「ああ、日野原さん。大変なんですよぅ、聞いてくださいよぉ」

山根《やまね》君の、殊更に自分の悲劇を強調しようとする声が、受話器いっぱいに広がる。職場のムードメーカーではあったが、入社して一年以上経つというのに、新人気分が抜けないのは困ったものだ。

「山根君、ゴメンね。あなたの泣き言を聞いてる暇はないの。社長に代わってくださ い」

「あ、はぁい」

相変わらずの甘えた声に続いて、能天気とも思える保留音が耳障りなほど大きく響く。思わず耳から遠ざけた。

もちろん社長の携帯番号は知っているので、携帯電話にかければいいのだが、私はいつも律儀に会社の電話にかけている。それが誰に向かっての律儀さなのかは、自分でもよくわかっていない。

保留音が途絶え、社長のくぐもった咳払《せきばら》いを合図とするように、受話器を耳に戻した。

「社長？　日野原です」

「いかがですか、図書館の様子は？」

落ち着いた声。とはいえ、何が起こっても彼自身が落ち着きを失うことはないので、「いつもと変わらぬ声」と言うべきだろう。

「順調です」

「クライアントからの無理な要求などはありませんか？」

特殊な業務が多いだけに、過去にも無理難題を押し付けられたことが多々あった。それ故の確認だ。

「大丈夫です。担当者が理解を示してくれていますので」

「総務の高畑さんという男性ですね」

間を置かずにその名が口にされた。資料一式は会社にも置いているので、驚くことではない。だが、敢《あ》えてその名前が出されたことに含みが感じられた。

「日野原さん、どうしました？」

私の憶測など、社長は気にもしていないようだった。

「いえ……、明日から夜間開館を実施できそうです」

「そうですか。それは良かった」

呼吸が止まる。別の人が同じ言葉を言ったというだけで動揺してしまう自分に嫌気がさす。呼吸を整え、気を取り直した。

「ですが」

「どうしました？」

社長は、今度は敏感に反応した。

「何か、順調すぎて腑《ふ》に落ちないというか……」

自分でも何が引っかかっているのかがわからない。だが、今までの経験から、反応が大人しすぎるし、従順すぎる気がしたのだ。

「資料からだけでは読み取れぬこともある、ということですね」

一般の会社ならば、一社員の根拠もない不安など、社長に話すべきではないだろう。だが、この業界では能力者の「感覚」は非常に重要視されるし、おざなりにして命取りになることもままあった。

社長はしばらく黙っていた。いつものように虚無的な瞳で、窓越しの首都の風景を眺めているのだろう。そこから遠く離れた場所に身を置いていることに、以前は強い郷愁めいたものを感じていた。だが今は……。

「日野原さん、一人で大丈夫ですか？」

「どういう意味ですか？」

問い返すが、予想通り返事はない。真意を探ろうとするだけ無駄なあがきに思えて、私は強引に話を切り上げた。

「予定通り、明日から夜間開館を実施します」

「フム……」

返事ともつかぬ喉の奥のくぐもった声も、いつも通りだ。

◇

「夜の図書館」開館第一日目を迎えた。

通常の午後六時で一旦閉館し、午後十一時半に再び明かりが灯される。

貸出は行わないので、人手はいらなかったが、管理運営上の立会いは必要だった。鵜木さんと高畑さん、その他に数人がカウンターに所在無げに立っていた。

「昼も夜もこき使われるんじゃ、割に合わないねえ、まったく」

鵜木さんはぼやきながらも、心なしか弾んだ様子だった。勤めが長いとはいえ、本の回遊を見るのは初めての経験なのだろう。

「うまく飛べるのかねえ、この子たちが」

相変わらず、子どもたちの発表会がうまくいくかを気に病む先生のように、心配そうに書架を見渡す。

「大丈夫です」

簡潔に答える。なぐさめでも励ましでもなく、調教を行ったプロとしての誇りを持って。

午前零時を迎えた。図書館が野性を取り戻す時間だ。

本たちが、躊躇して書架で身じろぎするのがわかった。明かりのついた中で飛ぶ練習はしていたが、私以外の人の前で飛んだことなどないのだから当然だろう。

指示するまでもなく、「図書館」は本に語りかけたようだ。「大丈夫だ」と。もちろん、具体的な言語の形で認識できるわけではない。だが本を通じて、その感覚はほとんどダイレクトに私に伝わる。

お墨付きを得て安心したのか、何冊かの本が、度胸試しでもするように躍り出た。それに続いて、雪崩をうって一斉に本たちが飛び立った。

「おやまあ……」

鵜木さんは言葉を失いながらも、安心した様子で何度も頷いた。

「こんな立派に飛べるなんてねえ」

涙で眼を潤ませ、私が微笑んで見つめるのに気付くと、恥ずかしそうに指で拭った。

「大丈夫そうですか？」

高畑さんが、正面玄関の鍵を手に、私に確認する。本の回遊を見ても、さして驚いた様子でもない。それが押し隠したものなのか、それとも別の感情によるものなのかはわからなかった。

「大丈夫です。もう一度、撮影の禁止を伝えてから開館してください」

玄関前には閲覧希望者たちが列をなしていた。この地方では初めての夜間開館ということもあって、町民の注目度も高いようだ。地元の新聞記者や町の広報担当者らしき姿も見えたが、写真撮影は厳しく禁じていたので、「間違い」が起こることもないだろう。

「お待たせしました。ただいまから、夜間開館を実施いたします」

高畑さんが正面玄関に立ち、扉を開ける。

「本を驚かせないように、ゆっくり、静かにお進みください」

われ先にと急ぎ足だった閲覧者たちの歩みを、高畑さんが制する。先頭集団が行き過ぎるのを待って、私は柱の陰からさりげなく列に加わった。

やがて人々の流れが滞る。初めて見る本の回遊に圧倒され、誰もが頭上を見上げたまま、しばし足を止めてしまうからだ。

私はあくまで一利用者を装って、閲覧用のソファに座った。

「ママ、ご本が飛んでるよ！」

小さな女の子が、興奮した声で届かぬ本に手を伸ばそうとする。

真夜中の開館とあって、眠そうな顔をしていた子どもたちだったが、回遊を見て眠気も吹き飛んでしまったようだ。たちまち本との追いかけっこが始まった。

だが案ずることもない。熟練した飛び手は、のらりくらりと逃げる猫のように、捕まるようなヘマはしない。飛び慣れていない新参者たちも、手に取った途端に、まるで死んだフリをする昆虫のようにただの本になってしまうのだから、子どもはすぐに興味を失ってしまう。見ているだけが一番楽しいのだと気付いて大人しくなった。

——大丈夫そうだね——

図書館の意識は安定している。安定しすぎていて、拍子抜けするほどだ。私は図書館の意識に協調し、少しだけ「閲覧者サービス」をお願いしてみた。一呼吸置いて、にわかに本の回遊が勢いづいた。

絵本たちは大きな表紙をばたつかせ、花から花へと渡り飛ぶ蝶を思わせる浮遊で子どもたちを喜ばせた。７類の本たちは、まるで音楽でも奏でるように流麗な軌跡で女性たちを魅惑するようだった。

閲覧者たちは思い思いの場所に座り、あるいはレジャーシートを敷いて寝転がって、飽きることなく本の回遊を眺めていた。

夜間開館では、閲覧者は本を手にするわけでも、文章を読むわけでもない。だが、ふんだんな言語のイメージが織り込まれた本の飛翔は、見る者に一冊の本を読み遂げる以上の充実感を与えてくれる。

──無理しないで、楽しんでやってね──

本の自由性を損なわず、かつ、閲覧者の期待に応えるためのぎりぎりの見極めをしながら、私は図書館と共に飛翔を見守った。

今まで手がけてきた図書館の中でも、抜群の安定感だった。

「さすがだねえ」

鵜木さんが、腕組みして感心したように頷きながら、私の横に立つ。

「何がですか？」

「いえね、夜の図書館を見せるだなんて、最初は半信半疑だったたんだよね。騙《だま》されてるんじゃないかって。でもさすがに日野原さんはプロだね」

「いえ、私は夜間開館できる環境を整えただけです。こんな安定した飛行を見せられるのは、鵜木さんたち働く人のおかげなんですよ」

謙遜《けんそん》ではなく本当のことだ。彼女のように長く勤め、図書館やその本に愛情を持って接する存在がいるからこその安定なので、私の手柄というわけではない。

手の中のマニュアル書までもが、図書館の本でもないくせに、むずむずと動き出そうとしていた。この種の本は、もっとも影響を受けづらいというのに。

ふと、視線を感じた。高畑さんが私を見つめていた。観察されているように感じたのは気のせいだろうか。

「うまくいきましたね」

彼は顔を背けるようにして、頭上を見上げる。本の回遊に向けられた眼差しには、穏やかではあるが醒めた気配が漂っていた。

◇

川沿いの遊歩道は、街路灯が川面《かわも》に光を落とし、闇の中に柔らかな空間を浮かび上がらせていた。

Tシャツにチノパンという私服姿の高畑さんが、職場とは違う雰囲気で並んで歩いている。

今日は月曜日、図書館は休館日だ。私も業務の中休みだった。

休みの日には、仕事を忘れてリフレッシュする。それはどんな仕事でも同じだろうが、この業界では特に、能力を長続きさせるためにもきちんと生活を切り替えることが推奨されていた。

朝から布団を干して掃除、洗濯をひと通りこなし、スーパーで食材を買って日保《ひも》ちのするおかずを作る。

午後涼しくなる頃を見計らって、駅に置いてあった観光パンフレットを片手に、昔の街道筋の古い町並みを散策した。

部屋に戻って夕食をとり、散歩がてら小さな商店街の書店で雑誌をめくっていると、窓の外でお辞儀をする高畑さんの姿があったのだ。

「日野原さんは、首都の生まれですか？」

隣を歩く高畑さんの、仕事中よりも幾分優しく丸みを帯びた声に、私の気分も安らぐ。

「いいえ、首都に来たのは大学に進学してからです。高校までは、小さな海辺の町で暮らしていました」

「そうか、じゃあ、僕と同じだな」

岸辺で休んでいたらしい鴨《かも》の親子が、迷惑そうに鳴きながら、水面《みなも》を滑るように遠ざかった。

川風がノースリーブの腕に心地よく、匂いたつ夏の夜の大気に愛おしく包み込まれているように思えた。

「日野原さんは、今の仕事に満足していますか？」

そんな聞き方をするからには、彼の中に仕事への迷いがあるのだろう。そう思いながら、自らを振り返ってみる。

「最近、よくわからないんです」

「わからない？」

「今の仕事は自分の能力を役立てられますし、やりがいがあります。だから、仕事は充実しているんです。だけど、それが満足なのか、と問われると、違うような気がして」

「わからない」という言葉で先延ばしにする癖は相変わらずだ。心の奥を覗き込む鏡を曇らせているのは、私自身のため息なのかもしれない。

「仕事がうまくいけば、それで満足してるなんて、そんな単純なことじゃないんじゃないかって。無いものねだりなのかもしれませんけど」

「無いものねだりか。僕もそうなのかな」

彼は呟くように言って、水面に散り乱れる光を、じっと見つめていた。

◇

夜間開館は、深夜の実施にもかかわらず毎回大盛況だった。

この地方では初めての試みとあって、周辺市町村の住民もやって来ているようだ。

閲覧者に見られながら飛ぶことは多大な疲労を伴うため、夜間開館は一日おきに週三日までと制限されていた。火・木・土曜の深夜に夜間開館を実施し、間の水・金・日曜には一人残って本の疲労をチェックしメンテナンスを行う、という毎日を過ごした。

本の飛翔は相変わらず安定していた。当初感じた、不安要素がないことへの不安も杞憂《きゆう》だったかと思えるほど、彼らは素直に従ってくれた。

私はいつも同じソファに座って飛翔の状況を見極め、ほんの時たま、図書館の意識に協調して、閲覧者サービスをお願いする。穏やかに、そして滞りなく日々は過ぎていった。

六回目の夜間開館日に、館長が初めて顔を見せた。

「いかがでしょうか?」

お辞儀をしながら近寄ると、彼は一瞬、私が誰だかわからぬというように訝しげに眉根を寄せた。

「ああ、ハヤカワさんの。ご苦労さまです」

私のような「若造」の名前など覚えていないのだろう、館長は会社名で私を呼び、本の回遊に眼をやった。

「いやあ、うちの図書館の本が、こんなに見事に飛べるとはですなあ、いや、感服しました」

抑揚のない言葉が、ほめ言葉ではなく、その後の無理難題の前振りであることは、今までの経験で充分にわかっていた。

「もう少しこう、閲覧者を喜ばせる演出はないいんですかかな? たとえば、宙返りとかボールを使った芸とか」

どうやら、水族館でのイルカのショー的なものを要求しているらしい。私は、表面上はクライアントへの従順な態度で頷きながらも、会社としての夜間開館への理念を明確にするため、静かに反駁《はんばく》した。

「そうすれば、確かに閲覧者を喜ばすことはできるでしょうが、あくまでも相手は野生の存在です。本来の姿そのままを閲覧者に見ていただくことが、私どもの会社の方針でございますので。それに、こうして閲覧者の前で飛行するというだけでも、図書館には大変な負担となっています。それ以上を強いることは、どんな問題を生じさせるか見当もつきません」

できることとできないことの線引きは、きっちりと伝えねばならない。

「ふん、そんなものですかな。まあ、しっかりやってください。なにしろこの地域では初めての夜間開館で、期待も高いものでしてな」

納得はしていない、最初から納得する気などない頑迷《がんめい》さが窺えるようだ。

「承知いたしました」

深くお辞儀をしながら密かにため息を漏らすのにも、すっかり慣れてしまった。

館長をやり過ごすと、私服姿の高畑さんが、申し訳なさそうに頭を下げるのが視界に入る。彼は今夜は非番のはずだった。

「高畑さん、どうしたんですか？」

　思わず顔をほころばせてしまい、慌てて仕事用の表情に戻す。

「ちょっと心配になって、見にきました」

　心配というのは、館長が無理な要求をしないか、ということだったようだ。見事に心配どおりのやり取りがあったばかりだったので、二人して苦笑交じりの顔を見合わせる。なぜだか共犯者めいたシンパシーを感じてしまう。

　月曜日、川沿いを散歩して以来、私と高畑さんは急速に親密さを増していた。

「あ、そうだ、日野原さん」

　高畑さんが、ふと思いついたように言って顔を寄せた。仕事の話をするにしては明るい表情が間近に迫り、私は陽光に照らされたように頬が火照《ほて》るのを感じていた。

◇

「あの……、何か手伝いましょうか？」

「いいからいいから、日野原さんは座っていてください」

　包丁を手にした高畑さんは、笑ってはいたが断固たる様子で、私をキッチンに近づけようとはしなかった。

ウィークリーマンションとはいえ自分の部屋で、しかも男性に料理をまかせっきりにするのは申し訳ない気がしながらも、高畑さんが鼻歌まじりに料理をする姿を微笑ましく見守っていた。

料理が趣味と話す高畑さんだったが、実家で両親と暮らしていると普段はなかなか腕を振るう機会がないそうで、今日は私のために手料理を振舞ってくれることになったのだ。

夕方六時までの勤務を終えた高畑さんが、食材と調味料、そして調理用具一式を抱えてやってきた。

料理が得意だということはすぐに、その動きでわかった。お湯を沸かし、食材を切り、下ごしらえをするという一連の動作に無駄がない。全体の流れを把握した上で複数の作業を同時進行で行う様は、趣味というより、仕事として料理に携わっていた過去を感じさせた。私が手伝いに入るとかえって流れを妨げるようだった。

「手際がいいんですね」

思わず感嘆の声を上げると、彼は満更でもなさそうだった。

「学生の頃、レストランでアルバイトしていたからね」

「そうなんですね」

納得して大きく頷き、学生の頃の彼を想像してみる。

調味料の入った箱の中を覗き込んでいた高畑さんが、「しまった！」と大げさに言って頭を抱えた。

「料理用の白ワインを買い忘れてた」

「あ、じゃあ私、買ってきましょうか？」

「お願いしていいかな。小さなボトルでいいから」

財布を手にスーパーに向かった。自然に軽い足取りになる。こうして男性と二人で過ごす時間に安らぎを感じるのは久しぶりだった。

社長と、仕事上の関係を離れて過ごす時間は、少なくとも安らぎではなかった。その関係を終えて数ヶ月、社長は今までとまったく変わりなく私に接する。

それは気遣いや配慮からではなかった。社長が変化しない人、いや、少なくとも私には「変化させられない人」であることは最初からわかっていたのだから。

――やめよう、考えるのは――

今は、束の間の安らぎを優先させたかった。スーパーで白ワインを買い求め、待つ人のいる部屋へ心を弾ませて戻った。

小さなダイニングテーブルで、二人向き合う。近すぎる相手の存在感に戸惑ってしまう。気恥ずかしく、それでも何だか新鮮な気分の食事になった。

夜の仕事が残っているので、ノンアルコールのビールで乾杯する。

「お酒じゃないのが残念だけど」

「仕事が終わったら、町の特産のお酒で乾杯しましょうね」

高畑さんは心なしか饒舌《じょうぜつ》になり、料理の話からはじまって、学生時代のアルバイトでのエピソード、首都で暮らしていた頃の行きつけの場所など、話が弾んだ。

何かを巧妙に避けているようにも思えたが、誰にも語りたくない過去くらいあるものだから、私は気にしなかった。

「日野原さんに出会えて良かった」

食事を終え、いっしょに洗い物をしていると、高畑さんが私にお皿を渡しながらそう言った。微妙に今の関係のバランスを崩しかねない言葉を向けられて、アルコールは含んでいないはずのビールで頰を赤くしてしまう。

少しの躊躇と戸惑いを、心地よく心の内にとどめ、私もまた微妙なバランスの言葉を返した。

「高畑さんのおかげで、無事にこの町での仕事を終えることができそうです」

◇

最後の夜間開館日を迎えた。職員への挨拶も兼ねて、昼過ぎに図書館に入った。

「日野原さんも、今夜が最後だねえ」

鵜木さんも名残惜しそうだ。私は「またいつか、遊びに来ますね」と、約束にもならぬ言葉を、それでもおざなりでなく返した。

今までにない仕事のやりやすい環境が名残惜しく、感傷的な気持ちになってしまう。首を振って気分を切り替える。ゴールにさしかかり気を抜いたところで事故を起こしやすいのは、車の運転と一緒だ。気を引き締め直して館内を巡回し、今夜の開館にむけてのチェックを行った。

最後に閉架書架を確認する。相変わらず彼らは、落ち着いて思索にふけっている様子だった。

「お世話になりました」

長老たちに敬意を表し、居住まいを正して深くお辞儀をした。

閲覧者の様子を確認しながら、エントランスに立つ。壁に貼ってあるポスターや掲示文書を見ていて、ふと、一つの案内に眼がとまる。

図書館夜間開館延長のお知らせ
八月二十五日までを予定しておりました図書館の夜間開館は、好評につき、八月三十一日まで期間を延長し、連日実施いたします

寝耳に水だった。ちょうど見回りをしていた高畑さんの姿が眼に入り、慌てて駆け寄った。

「どういうこと？」

「夜間開館延長って、どういうことですか？」

「見つかってしまいましたか」

彼は、どう説明したものかというように顎に手をやった。

「実は、本来開館初日に町長が来る予定だったのですが、公務が重なって今日にいたるも見学に来ることができなかったんです。町長に見てもらわずに夜間開館を終了させるわけにはいかないということで、館長が決定しました」

「では、調教士も無しに、図書館を夜間開館するっていうんですか？」

高畑さんは、返事のしようがない様子で口を閉ざした。

「とにかく、館長とお話しさせてください」

「館長は外出しています。明日の夜間開館の時間までは戻ってこないかと」

「夜間開館は、本たちに多大な疲労を与える行為であることを館長は理解しているんですか？　図書館の野性というものを、軽視しすぎではないでしょうか？　図書館は、動物園の猛獣のように、檻の中にいるわけではありません。その野性が顕在化したら、いつ誰が犠牲になるかわからないんですよ」

　憤りをぶつける相手は違うと知りつつも、止められなかった。

「わかっています。ですが、僕に言えることは、延長は既に決定済み。かつ、調教士に支払うべき予算はもう無い、ということだけなんです」

　彼も板ばさみで苦しんでいるようだった。実際、何を言ったところで、彼が決定権を握っているわけではない。それに調教士がいなければ、夜間開館を実施しても本たちは漫然とした回遊をするばかりだ。

　判断に迷い、会社に連絡を取った。電話に出た山根君が甘えた声を出しそうになるのを先んじて制し、社長への取次ぎを急《せ》かす。

「えーっと、社長は外出中ですよ」

「外出って、どこに？」

「外出ってしか聞いてないですよぉ。携帯にかけてみたらどうですか？」

　留守番役すら満足にできないのかと一喝したいところだったが、今は相手をしている暇はなかった。話し足りなさそうな山根君を無視して電話を切り、社長の携帯にかけ直す。移動の車中らしき社長に、手短かに状況を説明する。

「どうしましょう？　今の安定度なら、連日の開館でも問題ないとは思いますが。何分私に強制的に止《や》めさせる権限はないので」

「フム……」

いつもどおりの不明瞭な返事を喉の奥で発し、社長は彼なりの論理で考えているようだ。だが、それもわずかな時間だった。

「いいでしょう。クライアントの判断に任せましょう。ただし、日野原さんも開館には立会ってください」

「でも」

あっさりと社長が容認したので、拍子抜けして続く言葉を待ったが、電波の状態が悪いのか、電話は切れてしまった。

社長の考えを読み取ることは、私にはできないのだ。仕事でも、そしてもちろん、仕事以外でも。

◇

翌日の夜、予定通り、夜間開館は延長実施された。

いつもどおり、午後六時に一旦閉館され、午後十一時半を待って再び明かりが灯される。契約期間が終了した私は、一般の閲覧者と同じく、玄関前で開館を待っていた。

窓越しに館内を覗き込むと、本たちは変わった様子もなく回遊を始めていた。安堵とも落胆ともつかぬ複雑な思いで、その動きを見つめる。

「お待たせしました。ただいまから、夜間開館を実施いたします。どうぞご入館ください」

高畑さんが玄関を開け、閲覧者を招じ入れた。私の姿を認め、複雑な表情で頭を下げる。

閲覧者の様子を確認する。もう何度も来ている常連が七割、初めての参加者が三割といったところだろうか。特に注意すべき人物は見当たらない。本に影響を及ぼすようなことはなさそうだ。

いつものソファに座って、回遊を漫然と眼で追っていた。私の思惑も失意も知らず飛び回る姿に、理不尽な怒りすら覚えてしまう。本には何の罪もないというのに。

――ごめんね――

心の中で謝った私は、目の前をよぎる本の動きに、思わず立ち上がっていた。

明らかに、調教された動きだった。自由性が損なわれている。

慌てて状況の把握に努めた。私が知らずのうちに図書館の意識に介入してしまったか、それともライバル社の横槍《よこやり》か。私には異常はなかったし、周囲にはそれらしき人物も存在しなかった。

――まさか――

認めたくない思いから、確認を先延ばしにしていた「最後の可能性」を振り返る。答えは、姿を見るだけで一瞬で理解できた。そして、なぜ彼がそれをできるのかも。

「高畑さん、まさか私の部屋で、マニュアルを？」

マニュアル書には鍵をかけていたが、狭いワンルームマンションで鍵を探し出すなど、造作ないことだったろう。

「何のことですか？」

高畑さんの声は、これまでと変わらず穏やかだった。だが、企みが露見した際に、ドラマのように人は態度を豹変《ひょうへん》させるわけではない。その穏やかさこそが、裏切りの証《あか》しだった。

「まあ、この業界が弱肉強食、食うか食われるかの攻防が日常茶飯事ってことは、僕より日野原さんの方がよくご存知でしょう？」

ようやく事態を把握できた。夜間開館の延長は、館長ではなく高畑さんが言い出したのだ。だからこそ、私が館長と直接話して真相が知れることを、彼は阻止したのだろう。

私が気付いてしまったことでいっそ手間が省けたとでもいうように、高畑さんは介入の力を増す。本たちはまるでロボットのように彼の「命令」に従った。

「高畑さん、本に無理強いすることはやめてください」

私が語気を強めても、彼は応じようとはしなかった。

「申し訳ないけれど、日野原さんとは、ここの本との付き合いの年季が違いますよ。あなたみたいな付け焼刃ではない、強い信頼で結ばれているんです」

その言葉を裏付けようとするのか、彼は一段と高度な技を図書館に要求しだした。本の群れ同士が、まるで航空ショーのように編隊を組んですれすれで行き違い、閲覧者の間を縫うように滑空した。今までにない活発な動きに、常連の閲覧者たちからも歓声が上がる。

「それに、契約は昨日で終了したんですから。今日のあなたは単なる閲覧者なんですよ。純粋に、本の回遊を楽しんでください」

邪険に扱うでもなく諭すように言われると、かえって反論の機会を失ってしまう。私は再び失意を抱えて、ソファに座り込んだ。

やがて、町長らしき人物にかしずくようにして、館長がやってきた。地元の新聞記者や町の広報担当者らしき取材陣を引き連れている。事前に高畑さんが連絡していたのだろう、一様にカメラや撮影用の機材を抱えていた。

町長は、館長の説明に満足そうに頷いて、自らの発案の成果を確認していた。

「なんだ、業者に任せるまでもなかったようだな。高畑君がやった方が、ずっと華々しい動きだ」

館長が私に気付き、聞こえよがしに言って立ち去った。

「どうぞ皆さん、今日は撮影してもかまいませんよ」

高畑さんが取材陣に呼びかけ、それを皮切りに、本に向けて無遠慮にフラッシュが焚《た》かれた。

一瞬の光の中に、本の姿がまざまざと浮かび上がる。野性を暴かれたように痛々しく思えて、私は眼を背け続けた。

◇

異変を感じ取ったのは、おそらく私だけだったろう。

――どうしたの？

図書館に意識を向けてみる。もちろん明確な返事が返ってくるはずもない。だが、今までと何かが違った。風向きが急に変わるように。泳ぐ足元にひやりと冷たい別の海流を感じるように。

「これは？」

ようやく気付いたらしい高畑さんが、腑に落ちない顔で本を見上げる。

「おいおい、言うことを聞いてくれよ」

表面上は平静を保っていたが、その声には明らかに戸惑いが含まれていた。

注意深く観察すると、何冊かの本が、飛び回る群れの前に立ち塞がるようにして動きを制し、それをきっかけに統率が大きく乱れているのがわかった。

——もしかして——

カウンターで事務作業をしていた鵜木さんに近寄った。彼女はまだ異変には気付いていなかった。

「鵜木さん、亡くなった読書家の方からの寄贈本って、どうされました？」

「ああ、あなたが言ってたとおり、夜間開館の間は書架に並べないつもりだったんだけどね。高畑さんが問題ないって言うから、今日から書架に並んでるはずだけど」

「やっぱり」

図書館の意識に染まりきらぬ強固な自我を持った本が紛れ込んでいる。彼らが高畑さんの介入を嫌忌し、周囲の本たちに「レジスタンス」を持ちかけたなら……。

「図書館が暴走しているようです」

私の言葉に、高畑さんはピンと来ないようだった。無理もない。四十年前の「図書館の暴走」による忌まわしき事件は封印され、表にはいっさい出ていない。調教の技術も、事件を教訓として確立したのだ。

「過去に、暴走した本による閲覧者の死亡事故が起こっていることを、まさかご存知ないわけではないですよね？」

意趣返しに、精一杯皮肉を込めてみた。高畑さんの顔色が変わる。隠蔽された事件であるから無理もないが、まさかそこまで図書館の野性が凶暴化するとは思っていなかったのだろう。相手を軽んじていた証拠だ。

「ど、どうすれば？」

途端に弱気になり、縋《すが》るような眼を向けてくる。

「自分で蒔《ま》いた種でしょう。自分の手で治めてください」

人前で使い分けるうちで、もっとも冷たい口調を選ぶ。

とは言いつつも、私は既に事態収拾に向けて動き始めていた。閲覧者の避難が先か、本の鎮圧が先か。抑制の利かなくなった本の下で過敏な動きをすれば、一気に動きが凶暴化する恐れがある。まずは本の鎮圧を優先させるべきだろう。

心の動揺を気取《けど》られぬようにして、外見上は普段と変わらず、ソファに座り続けた。

調教士の軽挙は図書館の増長を誘い、逆効果だ。

「図書館調教マニュアル」に従い、第一の非常時対策を取った。

非常時ノ心得　一

図書館ガ調教ニ従ワザル時ハ　自我ノ複数化ニヨリテ鎮圧スルヲ以テ　ソノ第一トスル……

もちろん悠長にマニュアルを開いている暇はなく、またその必要もなかった。非常時の動きは頭に、というより身体に叩き込んでいた。

「自我ノ複数化」のための手段、すなわち、思考の擬似分離を行う。

ソファから立ち上がり、自分の移動を把握しやすいように一本の柱の前に立って、隣の柱を確認する。二本の柱を移動の起点と終点として定め、ゆっくりと歩き出す。

柱から柱までの十メートルほどの自分の移動を、線としてではなく点の連接として認識する。そうして、移動の際の「私」の意識を、それぞれの「点」に集約させる。それが、地点集約型の意識残存による、思考の擬似分離の技術だ。

意識残存は、それほど長時間は持続しないため、私は常に移動しながら新たな思考擬似分離点を作り出す。つまり、A↓B↓C↓D↓E……と絶え間なく移動していく中で、最初はABCD地点に意識残存が生じ、A地点での残存が消滅した頃には、新たにE地点が加わったBCDE地点での意識残存が生じていることになる。

それにより、図書館にとっての「私」の存在を「複数化」させることができる。もちろん外見上は私が複数存在するわけではない。あくまで、図書館の意識の上に「概念としての複数の私」の存在を植えつけるわけだ。

視覚的に見れば、すぐに見破られてしまうだろう。だが、地に繋がれ、二度と空に戻らぬ証しとして自ら視力を捨て去った図書館には、調教士が複数存在するという認識しかできないはずだ。騙すようなことはしたくなかったが、緊急時とて止むを得ない。

――これで、治まってくれれば……

中央の大きな円柱にもたれ、私は息を継いで、額の汗を拭った。

◇

あざ笑うかのように、図書館は「複数の調教士」の願いを聞き届けてはくれなかった。怒りのレベルが高まっている証拠だ。

寄贈本のレジスタンスだけなら、すべての本が宗旨変えすることはなかったろうが、記者に写真を撮らせたことが火に油を注いだようだ。

取材陣や閲覧者たちも異変に気付いたようで、狙いを定めて急降下してくる本に恐れをなし、逃げ惑っていた。

――仕方ない――

私は唇を嚙み締めて、マニュアルを開いた。非常時のステップ2を実際に使うのは初めてのことだ。

非常時ノ心得　二

自我ノ複数化ニヨリテモ鎮圧難シキ時ハ　図書館ヲ制御シウル存在ヲシテ　服従セシムベシ……

「図書館ヲ制御シウル存在」、すなわち、かつて野生の図書館をも支配したといわれる伝説上の生物、一角竜《イッカクリユウチョウ》鳥の姿を導き出し、対峙《たいじ》させるのだ。

「表出—融合—対流域確定—固定」という四つの手順を辿っていく。通常ならば優に三十分はかけて行うべきプロセスだった。特に「融合」を拙速に行うことは、解除時に自らの「内側」を削ってしまうため、能力自体の短命化が危惧されたが、今はそんな事を言っていられる状況ではなかった。

もっとも、動物園で人間相手に観せる作業とは違い、この場合、表出対象を視覚的に明確化させることは重要ではない。視力を失った図書館に、この場にイッカクリュウチョウが現れたことを感じさせればいいのだ。こう言ってはなんだが、雑でかまわない。

今必要なのは、大雨で決壊しそうな堤防に、とにかく土嚢《どのう》を積み上げることだ。決壊してしまってからでは手の施しようがないのだから。

私の表出したイッカクリュウチョウは、短時間で像を結んだだけあって、輪郭のはっきりしない、ぼやけたものだった。

◇

「対流域」を館内いっぱいに拡げて固定《キープ》したので、本にとってはもちろん、一般の閲覧者の前にもその像があからさまになり、代わりに私の姿が視界から消える。

閲覧者にとっては、よくわからない物体が投影されたアトラクションか何かだと思えたかもしれない。だが、視力のない図書館に統率される本たちは、明らかに混乱していた。

もちろん太古の昔に絶滅した(あるいは架空の生物であるとも言われる)イッカクリュウチョウを出現させても、彼ら自身が実物を知っているわけではない。だが、我々人間が、先人からの口伝えによって鬼や異形の者を畏れてきたように、彼らもまた、知らず、かつての統御者への畏怖を受け継いできているのだ。

――お願い、治まって――

風で今にも消えかかる炎の揺らぎを見るように、祈るような時間が続いた。

やがて均衡が破られる。

古い本が臆したように書架に舞い戻り、若い本は先輩たちの退却に戸惑っていた。恐怖は実体を知らぬほどに連鎖し、増幅しがちだ。後は、雪崩をうって広がるのを待てばよい。

その時、不穏な音が館内に響いた。分厚い金属を叩く音だ。冥府の扉の奥に閉ざされた亡者が呪いをこめて叩くかのような轟音《ごうおん》が、不吉に迫り来る。

バックヤードとを隔てる鉄の扉に、何かが高速で激突する音だった。単発で、間を置いて響いていたその音は、時が経つにつれ、次第に間隔が狭まってくる。

「あの音は？」

高畑さんが、私の姿を見失ったまま、不安げな声で尋ねる。

――まさか、閉架書架の本が――

沈黙を守り続けていた長老たちが、我々人間の暴挙を腹に据えかね、重い腰を上げてしまったようだ。外れようもない悪い予感が確信に変わり、絶望に支配される。

四十年前の図書館の暴走による犠牲者はすべて、閉架図書の攻撃が致命傷となっていた。社外秘の資料で見た猟奇殺人を思わせる写真が、一瞬頭をよぎる。

図書館の野性が、隠し続けていた鋭い牙をむき出しにして、人々に襲い掛かろうとしている。私はきつく唇を噛んで、姿を現さぬまま高畑さんに近づき、耳打ちした。

「閉架の本が暴れ出します。扉が破られないうちに閲覧者を避難させてください」

「わ、わかった」

ようやく図書館員としての自覚を取り戻した高畑さんが、非常口へと閲覧者を誘導する。館長が顔を赤らめて彼に詰め寄った。

「どういうことだね、高畑君。きみが大丈夫だと言ったから開館したんだぞ。これでは私の責任問題に……」

「今は責任を追及している場合じゃないでしょう！　あなたも早く閲覧者を避難させてください」

姿を見せぬまま私が耳元で怒鳴ったので、館長は肝を冷やして飛び上がり、高畑さんに押されるようにして外に出された。

集中して本が激突した部分が変形し、扉は今にも破られそうだった。私は、もはや用をなさぬイッカクリュウチョウの表出を解き、閲覧者の避難誘導に加わる。たとえ業務外であれ、調教士としてこの場にいる以上、私が図書館を出るのは全員の安全を確認してからだった。

「鵜木さんも逃げてください！」

爆風に煽《あお》られたかのように扉が吹き飛び、閉架の本たちがひと塊りになってフロアに雪崩《なだ》れ込んだ。閉架図書ならではの、旧字体の文字を含んだ重苦しい知のイメージが、本とともに襲いかかる。

暴走を目の当《ま》たり《あ》にしても、鵜木さんは動じる風もなかった。腰に手をあて、やれやれというように群れに対峙する。子どもの兄弟げんかを前にした母親のようだった。

「あんたたち！　悪さもいい加減にしなさい！」

鵜木さんが、よく響く声で一喝した。

叱られた子どものように、本たちが身をすくめる。肩を落としてうなだれる様子すら見えるようだった。もっとも、本の「肩」にあたる部分がどこなのかは、よくわからなかったが。

鵜木さんを遠巻きにしておずおずと飛ぶ様子は、悪戯《いたずら》が過ぎたことを恥じ入るかのようで、攻撃的な飛行はすっかり影を潜めてしまった。

「どうやら治まりそうですね」

額の汗を拭いながら笑いかけると、鵜木さんは、照れ笑いを浮かべてVサインで応じた。ようやく人心地ついて、騒ぎの元凶をつくりだした高畑さんに恨み言の一つも言わねば気が済まなかった。

だが、私の視線は見慣れぬ光景に引き付けられた。高畑さんを取り囲むように、閉架の古い本たちが渦巻いて飛んでいたのだ。

「高畑さん？」

様子がおかしい。表情は今までの高畑さんと変わらなかった。だがなぜか、まったく別のものを、私はそこに見出した。

ぽっかりと、彼の口が開いた。異世界へと通じる扉を思わせるその小さな闇から、抑えようもなく響き渡ったのは、地の底から湧きあがるような咆哮《ほうこう》だった。

気高く、雄々しく、そして自らの存在を呪うかのごとく哀しい、魂の叫びだ。

——これは、一身二魂《シンクロ》？

間違いない、何らかの理由で、高畑さんの中に図書館の意識が入り込んでいた。

咆哮の威力は絶大だった。後ろ盾を得たかのように本たちが攻撃性を取り戻した。一冊一冊が鋭利な刃物にも似た凶器となって、鋭角にジグザグ飛行をはじめる。

「逃げましょう鵜木さん。もう手の施しようがありません」

「困った子たちだねえ」

心配そうに言う彼女の手を取って、玄関に向かい駆け出した。本の群れが、私たちを目がけて迫り来る。

——間に合わない！

自在に飛行する本より速く走れるはずもなかった。四十年前の悲劇が再び脳裏をよぎる。せめて鵜木さんだけでも。

そう思った刹那、私は立ち止まっていた。

「日野原さん。どうしたの？　早く！」

鵜木さんが振り返って急かすが、私は動かなかった。正確に言えば、絶対的なるものの出現を一瞬で理解し、意識以前に身体が、動く必要を認めなかったのだ。その気配は、闇を貫く矢のように、時間すらも切り分け、出現と同時にその場を支配した。

本たちは、飛んでいることすらも忘れて一斉に羽ばたきを止めた。重力に従い落下しかけて危うく表紙をばたつかせ、浮力を取り戻す。

「圧倒的」という言葉すら小ざかしく思えるほどの存在が出現したのだ。

城壁さえも一瞬で突き崩したともいわれる羽ばたきをつくり出す翼。金の鱗粉《りんぷん》を振りまくようにまばゆく世界を染める肢体。そして、怒りに満ちているようにも、泣いているようにも見える、深紅に燃える瞳。

本物のイッカクリュウチョウだ。

自分の表出したものが恥ずかしくなるほどの、本物の存在感。もちろんイッカクリュウチョウは絶滅し、この世には存在しない。わかっていながらなお、目の前の姿を否定することができない。

本たちが、それこそ尻に火がついたように慌てふためき、われ先に手近な書架に逃げ込んだ。自らの書架まで戻る余裕もなく、分類も大きさもばらばらだった。秩序を重んじる彼らには考えられぬことだったが、それほどまでに畏れを抱かせる相手だということだ。

あっけないほど一瞬で、すべてが鎮まった。

おそらく近くにいるであろうその人物に向けて、かすれた声で呼びかける。

「……社長?」

「間に合いましたね」

声だけが届く。表出中なので、もちろん姿を見ることはできない。だが、視界を奪うかに思える濃いサングラスをかけて、壁にもたれて腕組みをする社長の姿が浮かぶようだった。

「どうしてここに?」

「少し、心配になりましてね」

そう言いながらも、落ち着いた口調だった。心配とは、仕事のことだろうか、それとも私のことだろうか? こんな時ですらふっとそんな考えがよぎる自分が嫌になってしまう。

社長の落ち着きに反比例するように、理不尽に振り回されているような苛立《いらだ》ちを覚えてしまうのはいつものことだ。

「彼は大丈夫でしょうか?」

振り向くと、高畑さんが倒れていた。抱え起こして脈を確認する。どうやら気絶しているだけのようだった。シンクロによる意識支配から抜け出したのだから、一時的な意識混濁は仕方のないことだ。

「彼は以前、この業界で働いていたようですね」

「え？」

高畑さんを抱えたまま、社長の姿を求めて虚空を見上げる。

「若さゆえの能力への過信から大きな失敗を犯し、失意のうちに生まれ故郷であるこの町に戻ってきたのでしょう。調教の技術を盗み出せば会社に迎えるという甘言になびいてしまったようですね」

「まさか、ＳＫエージェンシーが？」

この業界は、常に熾烈《しれつ》な生存競争の中にある。中でも、新興勢力であるＳＫエージェンシーからは今までも様々な妨害工作を受けてきた。

「いえ、そうとは言いきれませんが」

社長はすでに他のことに意識が移っているらしく、興味なさげだった。

「さて、図書館の野性も落ち着いたようですね。表出を解いてもいいようです」

独り言のような言葉に続き、思ってもいない場所に、社長の姿がおぼろげに浮かんでくる。その刹那、社長の「内側」の、大きく削れた部分に否応なく触れてしまう。

能力者同士、心を寄せ合えばわかってしまう「内側」の欠落、決して癒しえぬ傷跡に。

来たときと同じボストンバッグを手にして、改札の駅員に切符を渡した。鋏《はさみ》の入った切符の行き先の「首都」の文字を意味もなく見つめ、バッグにしまった。

——もう、この町に来ることもないだろうな——

一つの仕事を終えて、ひと時身を置いた場所を離れる際に決まって訪れる、安堵とも感傷ともつかぬ感情を呑み込んで、ホームに立った。

◇

本来の予定より一週間遅れでの業務完了だった。

契約期間終了後に、忠告を無視して夜間開館を実施したのであるから、会社側の落ち度はなかったが、イッカクリュウチョウの出現によって動揺した図書館の野性をケアする必要があったからだ。

案の定、すっかり萎縮して、夜中になっても野性を解放しようとしない図書館を慰撫《いぶ》し、再び本の羽ばたきを取り戻させるまでに一週間かかったというわけだ。

社長は、あれからすぐに首都に戻っていった。夜間開館の危険性を喚起し、新たなマニュアルづくりと業界ルール構築にむけて奔走しているのだろう。

相変わらず、野心も、欲望も、喜びも何ものをも寄せ付けぬ、虚無的な瞳をサングラスの奥に隠したまま……。

結局私は、何も聞くことができなかった。

社長は、私が電話をした時には、すでにこうなることを予想していたのだろう。彼は、今回のライバル社の暗躍をどこまで把握していたのだろうか？　高畑さんが利用されていることを知りながら、私への接近を許していたのだろうか？　だとしたら社長にとって私の存在とは……。

首を振って、堂々巡りの考えを押しやる。結局いつもどおり、社長の心の奥に閉ざされた思いを、自分の手で暴く勇気がなかっただけだ。

列車の到着まで五分ほどあった。

入道雲が、夏の終わりを拒むように山際から湧き上がっていた。だがその姿には、老いの訪れにも似て、逃れえぬ衰えの兆しが見えた。

遠く、列車が鉄橋を渡る音と警笛が響く頃、一人の男性がホームに駆け込んで来た。

「高畑さん……」

息を弾ませて私の前に立った彼は、その勢いのまま私にぶつかりそうになりながら、長身を折り曲げるようにして、深く頭を下げた。

「合わせる顔もないのはわかっています。でもどうしても、直接会って謝らなければと」

わだかまりは解けていなかったが、少なくとも謝罪が本心からのものであることはわかった。

「もう、大丈夫なんですか？」

シンクロのダメージは、生半可なものではなかったはずだ。

図書館の暴走以来、彼はずっと仕事を休んでいた。

彼の口を介して放たれた図書館の咆哮は、今も私の中で消えようとしない。いや、時を経るほどにますます鮮明なものとなっている。

「あの時、確かに僕の中に図書館はいました。いや、僕が一部として取り込まれたと言った方がいいでしょうね」

心の奥深くを覗き込むように、彼は眼を閉じた。どうやら図書館とシンクロした経験は、彼にとってあながち恐怖ばかりではなかったようだ。

「だけど、どうしてあんなに、閉架図書の影響を受けてしまったんでしょうか？」

ずっと疑問に思っていたことだった。いくら図書館に勤めているからといって、彼のシンクロは異常だった。実際、鵜木さんは彼より勤めが長いのに影響を受けなかったのだから。

答えを探すようにさまよう彼の視線が一所に定まる。木立に隠れるようにして図書館が姿を見せていた。

「似ていたんでしょうね」

「え？」

自嘲するように歪んだ表情が浮かべられる。

「僕は、自分を閉架図書になぞらえていたのかもしれない。地方の小さな町で、閉じ込められたように一生を終えるだろうことに、迷いや諦めがあって、それが本たちの思いと重なってしまったんでしょうね」

彼は生まれ故郷の風景を見渡した。盆地の町は、周囲をぐるりと山に囲まれていた。彼にとってそれは、城壁のように自身を阻むものとして見えていたのではないだろうか。

――私も、そうなのかもしれない――

時折心の内をざわつかせる、理由のない苛立ち。それは、見えない壁に取り囲まれているような、束縛ともつかぬ身動きの取れなさによるものではなかっただろうか。

だけどわかっている。壁をつくったのも、壁から抜け出さなかったのも、自分自身だと。気づかぬフリをしながら考えることを先延ばしにしてきた挙句、その壁は自分では乗り越えられぬほどに高く堅固なものになっていたのだ。

高畑さんがやったことを赦《ゆる》すことはできない。だが私は彼が、どんな形であれ何かのきっかけを必要としていたことは理解できる気がした。

「無いものねだり、なんでしょうね」

「え？」

高畑さんが聞き返す。

「迷いや諦めは、私の中にもあります。自分の居場所が定まらないことも、定まってしまうことも、きっと私はどちらも不安で、満足できないんだろうなって、そう思ってしまって」

「無いものねだり、か」

高畑さんが、まっすぐに私を見つめる。醒めた印象のすっかり薄れた、素直な瞳だ。サングラスを外した社長がほんの時折見せる幼い瞳と重なる。私はたじろぐように眼を伏せた。

社長の能力に憧れ、彼に追いつくこと、近づくことだけを願って、六年の月日が経った。だが私は決して彼に近づくことはできなかった。それは、心や身体の距離ではない。隣り合って見える夜空の星が、実際は何億光年も隔たった場所にあり、まったく別の方向に進み続けているようなものだ。

社長にはおそらく、仕事への使命感も、欲望もない。にもかかわらず、微塵の揺らぎもぶれもなく進み続ける姿は、意味もなく巨大なエネルギーを作り出し続ける無限の発電機関のようで、いつしか私は絶望的な隔たりを感じるようになっていた。

決して追いつけぬ、決して寄り添えぬ存在に惹《ひ》かれて生きることは、虹を追い求めるのにも似て滑稽で、時に惨めだ。行き先もわからず一歩を踏み出し続ける日々に、私はいささか疲れているのかもしれない。

二両編成のディーゼル列車が、何かを押しのけるかのような大仰なエンジン音を響かせて、ホームに止まった。

「迷いも諦めも抱えたまま、生きていくしかないのかもしれませんね」

列車に乗り、高畑さんを振り返った。

「あなたの生きるべき場所がみつかることを祈っています」

それは、彼に向けた言葉だったろうか。それとも自分に言い聞かせる言葉だったろうか。

頷いた彼は、何かを告げようと、列車に駆け寄った。

「また……」

声はエンジン音で掻き消され、扉が乱暴に閉まった。

◇

小さな町の市街地はすぐに車窓から途絶えた。田園風景の中を通り過ぎた後、列車は盆地を貫いて流れる川に沿って走った。

川は次第に流れが緩やかになり、水の蒼《あお》が深みを増して淀みが生じる。向かう先には、巨大なダムが川を堰き止めていた。

対岸に山が迫る。こんな場所には不相応なほどに立派な高架橋の高速道路が、刻まれた傷跡であるかのように山肌に貼りついている。

山際から差し込む光に手をかざし、私はその風景に眼を凝らした。

我々傲慢な人間は、時にすべてを意のままに扱えると錯覚を起こしがちだ。だが、自然は人とは違う時間と秩序で超然と存在し、忘れた頃に情け容赦なくすべてを蹂躙《じゆうりん》し、無に帰する。人間の営みもまた、秩序の中の要素にしか過ぎぬことを知らしめようとするようだ。我々は自然の手の上で弄《もてあそ》ばれていることに気付かずに羽目を外しすぎ、いつか掌《てのひら》を返されて慌てふためくのだろう。

夜の図書館を人間が統御できるという浅はかな思い上がりは、高畑さんだけでなく、私の中にもあったかもしれない。図書館は、野性の遺伝子を失ってしまったわけではない。地につながれ、視力を奪われてもなお、静かに牙を磨ぎ続けているのだ。決して寄り添えぬ、超然とそこにある図書館は、いつしか私の中で社長の姿と重なり合っていた。

列車は、山を抜けるトンネルに入った。単線用の狭いトンネルに列車の音が反響し、再び図書館の咆哮が蘇る。

——このトンネルを抜けたら、私はどこにいるのだろう？

振動で小刻みに揺れる窓に顔を寄せる。ぶれて輪郭のはっきりしない私が映っていた。どこに向かっているかもわからぬ闇の中で、私は私を見つめ続けた。

蔵守

一

私は守り続けます。

そのことに疑いを持ったことはありません。

それが私の存在意義なのですから。

私は、自分の機能のほとんどを「守る」ことに限定して、ここに存在し続けています。

意識を、「私」として認識される「建物」の形に同質化させ、隅々まで守る意志を張り巡らせています。

いつからなのか、そして、いつまでなのかもわからない与えられた時間の中で、私はずっとそうしてきたし、これからもそうです。

夜が明け、朝日が私の屋根の先端に届きました。

今日も、守り続ける一日が始まります。

私は私の役割を、最後の瞬間まで全うするだけです。

一つの、蔵として。

◇

私はなぜ、守り続けるのだろう。

そのことに、疑念を持ってはならない。

それが、私の存在意義でもあるからだ。

疑念は心を乱し、動きを妨げる。

いつ、どんな形で訪れるかも知れぬ「その時」に、一片の迷いもなく自らの職務を遂行するために、私は守り続ける。

「日の出まで、あと五分」

もはや右腕の一部と化した通信端末兼用の腕時計に眼をやり、詰所を出た。一年のうちでもっとも日の出が遅くなる季節だ。

「蔵」と呼ばれるその建物は、冬の冷気すらも寄せ付けぬように、超然としてそこにある。

蔵を巡る一歩ごとの足取りに、周囲を見張る一瞬ごとの目配りに、私は守りの意識を高めてゆく。

日の出と共に、私は蔵の正面に立った。

かつて地平線があった場所に視点を定め、動きを止める。自らを地面に打ち込まれた一本の杭に見立て、微動だにしない。向かい来る見えざる敵に対して、守りの意志を強く固める。

それは私にとっての、蔵を守るための儀式のようなものだった。

今日も守り続ける一日が始まる。

私は私の役割を、最後の瞬間まで全うするだけだ。

一人の蔵守として。

二

私が意思を持って、どれほどの時が経ったのでしょう。

蔵はずっと前からこの場所にありました。「ずっと前」という言葉は、時間軸を明確にしなければ何の日安にもなりませんが、少なくとも「人間」という存在が我が物顔に振舞うようになる、ずっと前です。

私が「私」として自分を認識した頃には、蔵はすでにこの場所にありました。私がいつ、どうやって、何のために出現したのかは、自分ではわかりません。

私は蔵です。ですが、蔵は私なのでしょうか。つまり、私と蔵は果たして同一存在なのか、という疑問です。問うのは私で、問われるのも私の、堂々巡りの問いかけは、結論が出ないまま居座り続けます。

私の意識は、蔵の存在と分かちがたく結びついています。経験はありませんが、蔵が無くなってしまえば、私の意識もまた消滅するのでしょう。蔵の存在無くして、私は存在し得ないのですから。

では逆に、私が消滅したら、蔵は無くなるのでしょうか。それとも、意識の無いただの建物としてあり続けるのでしょうか。

人間が、身体と魂の同一性の問題に思い悩むように、私もまた、「蔵」と「私」の関係についていぶかしんでいるのです。

◇

私が蔵守になって、どれほどの時が経ったのだろう。

蔵守としての日々は、時の経過の概念を大きく変えた。すなわち、時は積み重ねられるものではなく、折り返しも区切りもない、守るという一つの意志を推し進めるための歯車でしかない。

蔵守は、一種の聖職だ。

それは、誰もがなれるわけではない名誉な任務であると同時に、誰も自らその任を負う気はない、という二重の意味での「聖職」である。

当然だろう。蔵の前を離れることができず、嵐の日も、雪の日も、猛暑の日も、一日も休まず蔵を守り続けることが仕事のすべてなのだから。私が言うのもなんだが、そんな職業に自ら進んで就きたがる物好きが多くいるとは思えない。

だが私は、物心ついた頃から蔵守になると思い定めていた。蔵守以外の人生など、想像したこともなかった。

私が蔵守であり、蔵守が私だ。もし私から蔵守という要素を取り除いてしまったなら、後には何が残るだろうか？　おそらく何も残らないのではないだろうか。

私の骨が、血が、細胞の一つ一つが……、身体のすべてが、私を蔵守たらしめているのだ。

三

周囲を見渡してみます。

といっても、私には「眼」という器官は無いし、「視界」という概念も存在しません。

人間にとっての「見る」とはまったく違うのでしょうが、結果として認識できる世界が同じならば、「見渡す」という表現を使っても、問題は生じないでしょう。

この辺りも、昔と比べて様変わりしました。

かつてこの場所には、蔵だけがありました。地平線まで遮るもののない草原の中で、蔵だけが平面に抗《あらが》う突起になり、太陽の動きに従って影を移ろわせていたのです。

今では地平線など望みようもなく、人間の造った建物が並んでいます。まるで私の地平線の記憶をかき消そうとするかのようです。

視界を遮られ、私はいつも空ばかり見ています。

この季節特有の薄く霞《かすみ》に包まれた空に、気ままな筆先を運ぶように飛ぶ姿がありました。空を自らの世界とする者ならではの優雅さで旋回し、音もなく降り立ちます。

「ちょいと、邪魔するよ」

老いたミサゴです。私と会話できる存在は、それほど多くはありません。蔵の屋根に身をあずけたミサゴは、まずはやれやれと首を小刻みに回し、嘴《くちばし》で身づくろいに専念します。儀式のような決まりきった動きをひと通り済ませた後、ようやく私を思い出したのか、口を開きました。

「あんたも、もう長いね」

十年一日のごとく、同じ調子です。それが彼女たち鳥類特有の思考と記憶の形態なのか、この老いたミサゴの癖なのかは、他の鳥と話したことがないのでわかりません。まあ、どちらでもかまいません。彼女が私にとって貴重な話し相手であることに違いはないのですから。

「何か、変わったことはありましたか？」

「ああ、相変わらずさね。川はすっかり汚れちまって魚も少ないし、海もすっかり遠くなっちまった。あの列になって走るでっかい動物は変な臭いを撒き散らすし、いい事なんか一つもありゃしないよ、まったく」

憤懣《ふんまん》やる方ないという風にミサゴは空を仰いで、一声高く鳴きました。どうやら空を飛べることは、必ずしも世界観を拡げることには繋がらないようです。

「あんたの方こそどうだい。何か変わったことはあったかい？」

皮肉交じりの口調です。羽を持って自由に世界を行き来し、食物連鎖の頂点に立つ彼女は、老いたとはいえ誇り高く、動けない私をずっと下等な存在として認識しているようです。

「いいえ、今日も静かな一日です。たまには何か変わったことが起こって欲しいものですね」

変わらない日々こそ、蔵にとっての必要にして不可欠な要素ではあるのですが、ミサゴからすればそれもまた、私を馬鹿にする種になっていました。

「相変わらずのんきなもんだね。あたしゃ、すっかり疲れちまったよ」

いくつかの感情は、知識としては知っていますが、自身で味わったことがありません。そのうちの一つが「疲れ」という感情でした。

「なんだか人間みたいなことを言うんですね」

思わず笑ってしまうと、どうやら機嫌を損ねたらしく、ミサゴは眼をむいて怒りました。

「あんたみたいに一日ここで突っ立ってるだけの結構な身分じゃないんだよ。まったくのんきでうらやましいよ」

大儀そうに首を振って、ミサゴは羽を広げました。

「もうすぐ日が暮れるね。そろそろお暇《いとま》するよ」

「はい、また明日、お会いしましょう」

老いたミサゴの羽は多くが抜け落ち、飛べるのが不思議なほどです。気にする風もないミサゴを見ていると、「飛ぶ」というのは気構え次第なのかとも思えてきます。

「その羽で飛べるんだったら、もしかすると私も飛べるかも知れませんね」

ミサゴはいつも通り、たちの悪い冗談と受け取ったようです。

「ふん、またそれかい。あんたが飛べるようなら、あたしゃあのでっかい鳥みたいに空の果てまで飛んでいけるさね」

忌々《いまいま》しげに言って、白い航跡で空を切り分ける「大きな鳥」の飛び去る様を見上げます。

飛び立ったミサゴは、自分のねぐらへと真っすぐに帰っていきました。

空を飛んだ記憶が、私の中にあります。いえ、それは記憶と呼べるほどに明確な輪郭を持ってはいません。ですが確かに私の中には、この大地を空から俯瞰して眺めた風景が刻まれているのです。

それは、日々の決まりきったやりとりから生じた夢想にすぎないのでしょうか。

◇

周囲を見渡す。

変わらぬ建物が、変わらぬ配置で、蔵を囲むようにして建っている。

蔵は、住宅街の中で明らかに異質な存在だった。

外装は、一見するとのっぺりとした白い壁面である。だが、近づいてみると、表面に微《かす》かな亀裂が入っているのが見て取れる。もう一歩踏み込んでみた者は、それが「亀裂」などではないと知ることになる。それは、何かを伝達し、循環させるための回路であり、毛細血管のように蔵の全面を覆っているのだ。

触れてみると、金属のようでもあり、生物の皮膚のようでもある、複雑かつ奇妙な触感を伝える。気温や天候に左右されることなく壁温は常に一定だ。叩くと、超硬質な金属を叩いたような澄んだ音を響かせる。ありふれたもののようで、決してこの世界には存在し得ない音色だった。

この蔵は、一体誰が造ったのだろう。一説によると、蔵は人間よりもずっと前から存在したとも言われている。

それを裏付けるかのように、蔵はどんな嵐や地震にも損壊したことはないし、年月を経て劣化することもない。完全無欠な、決して壊れることのない建物なのだ。

もう一つ、人の手によるものではないと推論される理由は、形が変わっていく、という点にある。私がここに立つ数十年のうちにも、蔵は明らかに形状を変化させていた。まるで意思を持って、周囲と調和しようとするかのように。

ほとんどの人々は、蔵に興味を持つことも、足を止めることもない。異質さは日常の中に、異質さを保ったままにたやすく埋没しうるものだ。

日没を控え、街は夜を迎える準備を始めた。仕事を終えた勤め人たちが、疲労と安寧とを鞄につめて、家路を急ぐ。

人々とは明らかに異なる歩みの人影が近づいてくる。もはや「急ぐ」ということの有用性を、自分のためにも社会のためにも見出すことができぬ老人特有の、ゆっくりとした足取りだ。

「いつも、ご苦労だね」

老人は蔵の入口に続く石段に腰を下ろした。ここで私と話すのを日課とすることで、自らの平坦な一日に、わずかばかりの起伏をつくりだそうとしているようだ。

「どうだい、調子は？」

老人は嗄《しわが》れた声で、いつもと同じ言葉を口にした。

「相変わらずですね」

簡潔に答える。大きな変化がないことこそが、蔵守の仕事が完遂されている証しでもある。

「最近、何か変わったことはありましたか？」

私の問いに、老人は静かなため息を漏らす。

「いつの時代も同じだよ。時代の流れなんて見えないものから振り落とされないように、みんな一生懸命しがみついてる。一度そこから降りてしまった人間は、二度と顧みられることはない」

顧みられない存在。それは老人も私も同様だろう。時すらも流れることを止めたようなこの場所で、吹き溜まりに吹き寄せられた落葉のように、寄る辺なくとどまっているのだから。

「もうすぐ日没だ。あんたもゆっくり休むといい」

そう言い残して、老人は来たときと同じようにゆっくりと歩み去る。自らの影に先導されるかのようだ。

街を囲む都市高速の高架橋に、夕日を受けた車がシルエットとなって連なっていた。急ぐこと、連なること、進み続けること、それこそが、生きていることの証しであるとでもいうように。

屋根にとまっていたミサゴが、悠揚たる羽ばたきでねぐらへと帰ってゆく。夜の訪れだ。

私は蔵守詰所に戻り、お茶を沸かした。

周囲の建物の窓に明かりが灯り、街灯が輝きを増す頃、蔵もまた光を発する。まるで夜は光らねばならないと、周囲を見て判断したかのように。

だがその発光の様態は、通常の建物とは異なる。いや、どんなものとも異なるだろう。蔵は建物全体から均一に光を放ち、光源の所在をつかませない。建物の表面が光っているようにも、もっと奥から放射されているようにも見える。

今夜の蔵は、物思いに沈むかのように、ほの白い光を放っていた。

四

その「存在」は、ある日突然、私の中に現れました。

最初は、ほんの小さな違和感でした。「私」として認識されている領域の中に生じた、明らかな異物です。長く存在し続けた私の記憶にもない、初めての経験でした。

自分の中に自分ではない「何か」が生じる感覚。それはまるで身体の内に無造作に手を入れられたように、神経を逆撫でされる嫌悪感です。

「あなたは、誰ですか？」

思わず口走りました。確信していたのです。それが単なる異物ではなく、私と同じく、意思を持った「存在」だということを。

「何を言ってるんだい？」

答えたのは、「存在」ではなく、蔵の上にとまっていたミサゴでした。

「いえ……、何でもありません。あの、すみませんが、ちょっと飛んで、私の周りを見てもらえないでしょうか？」

「どうしたっていうんだい？」

「何か、周囲に変わったことがないでしょうか」

ミサゴは大儀そうでしたが、飛び上がって数度旋回してくれました。

「何にも変わりゃしないよ」

「……そうですか。ありがとうございます」

どうやらこの「存在」は、私の内側だけに現れたようです。

ミサゴに聞かれないように、再び同じ言葉を自身の内に向けました。

――あなたは、誰ですか?

◇

その存在は、ある日突然、私の前に現れた。

蔵守として、蔵に関心を持つ者の来訪はすぐにわかる。それが蔵に対して善意の存在か、そうでないかも。

まっすぐに近づいてきた相手からは、悪意はまったく感じられなかった。だが、違う意味で私を警戒させた。

私の前で立ち止まり、頭を下げる。

「はじめまして、蔵守見習いです。蔵守を引き継ぐ最終訓練を受けるよう、委員会より指令が下されました」

自負に裏打ちされた強い眼差しが、私に向けられた。

「女性の蔵守見習いだって?」

目の前に立つのは、まだ若い女性だった。

「管理委員会は、一体何を考えているんだ……」

思わずそう呟いていた。蔵の管理委員会は首都に存在し、この国のすべての蔵を管理している。私は管理委員の姿を見たことはないし、彼らもまた、この蔵を見に来ることはない。だからこそ、委員会の指令は常に見当違いで、現場の状況はまったく考慮されていない。

蔵守志願者が激減したという噂は、私も聞いたことがあった。このままでは、蔵の数に比して蔵守の絶対数が不足してしまう。危機感を抱いた管理委員会が、教育と訓練によって蔵守を「育成」していると知ったときは、耳を疑ったものだ。

マニュアル化された知識と訓練だけで蔵を知ったつもりになっているであろう女性に、私は冷たく言い放った。

「私は、見習いなど必要としていない」

五

「存在」に対する私の違和感は、日々強まっていきました。

人間の言う「病」とは、こんな感覚なのでしょうか？　違いがあるとすれば、「存在」は痛みや圧迫などの形で自らを主張しはしませんでした。ただただ、そこに「ある」ことを意識させるのです。

しかも、それは私の中で「成長」していました。蔵として存在できる一定の領域の中で、私以外の「存在」が拡がっていこうとするのです。必然的に私の領域は狭められてしまいます。

一方的な侵略に甘んじる気はありません。意思の疎通が不可能ならば、別の形で相手を探るまでです。

建物としての蔵の機能に、普段の私は介在していません。「その時」が来るまでは、敢えて機能系の回路は連接させていないのです。

一時的に、私は蔵との連接点に意識のバイパスを架設しました。蔵の伝達系統の回路を借りることで、「存在」の様態を把握しようと試みたのです。久しぶりに、蔵という定まった形状に自分を置いてみます。いつものようにむず痒《がゆ》いような違和感が伴いますが、今はそれどころではありません。私はゆっくりと、自分の思考を伸ばしていきました。

——やはり……

明らかな結節点があって、既知の領域まで思考を伸ばすことができません。なおも試みると、その先には不可逆性の信号伝達しか生じていないことがわかります。つまり、私の意思は相手に伝わるが、相手からの信号は返ってこないということです。それが、相手に信号を返す能力がないからなのか、それとも返す気がないからなのかはわかりません。

私の中にいながら、私など相手にしないかのような態度を取る「存在」に、敵意すら抱くようになりました。

「出て行け！　私はお前など必要としていないんだ」

変わらぬ日々を退屈に思い、変化を望んだこともありました。ですがこの事態は、私の望む「変化」ではありません。

だからといってどうすることもできません。蔵は外部に対する守りは備えていますが、内部に対しては為《な》す術を持たないのです。「存在」が私と分かちがたく結びついているのであれば、排除しようとするのは自傷行為でしかありません。

すぐそこにいながら通じ合うことのできない相手に、私は深いため息をつきました。

◇

「蔵守見習い」に対する私の違和感は、日々強まっていった。

もちろんこの歳になった以上、見習いに技術を継承しなければならないことは理解できていた。蔵守志願者が激減した今、彼女が貴重な人材であることもわかっている。

自分が彼女ほどの年齢だった頃が思い出される。蔵守を志した私は、まずは蔵守見習いになるべく、見習いのついていない蔵を探して旅を続け、ようやくこの蔵に辿り着いた。職人気質の先代蔵守にけんもほろろにあしらわれ、数ヶ月も日参してようやく見習いとなることを許されたのだ。

だからこそ、研修を終えたから当然とばかりに居座る彼女に、理不尽な感情を抱かずにはおれなかった。しかも彼女は、私から蔵守としての心得を「習う」つもりはまったくなかったのだ。

その日、私は定期的に行っている蔵のメンテナンスを行うことにした。先代から受け継いだ用具箱から道具を取り出す。専用のメンテナンス用具などあるはずもなく、大工道具や掃除道具に改良を加えたものだ。きっと他の蔵守も、同じように独自の工夫で蔵のメンテナンスを行っているのだろう。そもそも管理委員会は、「メンテナンス」の必要性など考慮していないのだから。

蔵のメンテナンスは、独特の技術を要する。壁面の伝達回路は、一刻一刻、形を定めず変化し続けている。蔵守に要求されるのは、壁面全体を把握し、調和を作り出すことだ。一本の回路の不用意な調整が全体の循環を乱し、破綻《はたん》を来たす恐れがある。根気と、長年の勘に裏打ちされた技術が要求される作業だった。

だが、必要なのはそればかりではなかった。「伝達回路」とされるものの存在意義すら解明されていないのだ。当然、作業による蔵の反応が見えるわけではない。つまり、抜こうと思えばいくらでも手を抜ける作業に、どこまで自負を持って臨めるか、という意味で、蔵守としての誇りを問われる作業なのだ。

優に数万本はある回路の起点を順に辿り、時に遠く離れて全体を見渡し、時に虫眼鏡で一本一本を仔細に検分しながら、作業は少しずつ、少しずつ進んでいった。

見習いの彼女は、一人前に守りの姿勢を維持したまま、私の行動を不審げに眼だけで追っていた。

「君もやってみるか？」

つい情け心を出し、声をかけたのがいけなかった。彼女は拒絶するように言い放った。

「そんなことは、教習所では習っていませんし、業務範囲外の行為です」

私は作業の手を止め、彼女を睨《にら》み付ける。

「蔵守の仕事が、マニュアルだけで貫徹できるような単純な仕事だとでも思っているのか？」

「お言葉を返すようですが」

一応私を立てつつも、彼女は軽蔑の表情をありありと浮かべていた。

「蔵守のなすべき業務については、教習所ですべて習得済みです。私はこの実習を、資格取得のための単なる手続き的な業務であるとしか考えていません。申し訳ありませんが、あなたから何かを学ぶ気はないんです」

そう言って、使い古された道具を、穢《けが》らわしいもののように見下した。

すぐそこにいながら通じ合うことのできぬ相手に、私は深いため息をついた。

六

こんな存在に、私の座を奪われてしまうのでしょうか。

日々成長を続ける「存在」を前に、私は心ここにあらずの日々を過ごしていました。

「どうしたんだい？　すっかりふさぎ込んじまって」

私の悩みなど知る由もないミサゴは、からかうような口調でした。彼女の中では私は、悩みのないのんき者という認識なのですから、元気のない様子が面白かったのでしょう。

「私にだって、悩みくらいはあります」

まともに反応する気になれずにいると、ミサゴは、いつもの皮肉を交えた口調であざけりました。

「やれやれ、そんな風じゃ、今襲われたらあんたはひとたまりもないね」

「そんなことは……」

慌てて否定しようとした言葉は、最後まで続きませんでした。黙りこんだ私の心を見透かすように、ミサゴはそっけなく続けます。

「あんたのやるべきことを、見失わないことだね」

飛び去るミサゴを見送りながら、深く自戒しました。私が意識を持つ意義は、すべては蔵を守るためにあるのです。それを疎《おろそ》かにするようであれば、私は必要ありません。「存在」が、何を目的として現れたのかはわかりません。ですが、私がなすべきことは、意識がある限り、たゆまず、途切れることなく、蔵を守り続けること。それだけなのです。

私は蔵の回路に意識をつなぎました。前回のように、「存在」を探るためではありません。思いを分かち合うためにです。

通じ合えないことがわかっている相手に、それでも精一杯の思いを向けてみます。私が守ってきたこの蔵について、守り続けてきた長い長い日々について。

わかり合えないまでも、何か一つでも伝えることができたなら。そう願いながら。

◇

こんな存在に、蔵守の座を奪われてしまうのだろうか。

今まで意識の外にあった蔵守の継承について、初めて思い至る。

そんな時が自分に訪れるなど、考えたこともなかった。だが、どんなに意地を張って蔵を守り続けても、足腰が立たなくなってしまっては職責を果たすこともできない。その時に引き継ぐべき蔵守がいなければ、意に染まずとも管理委員会に任せるほかはない。

「元気がないようだね？」

石段に座った老人が、私を慮るように言った。見習いの出現による私の動揺には、とっくに気付いているようだ。

「あんたがそんな風だと、蔵も不安定になるんじゃないかい」

遠まわしではあるが、蔵を守る意志が疎かになっていることへの、戒めの言葉だった。

「……そうですね」

そう返すよりなかった。

「やるべきことを見失わんことだよ」

老人は立ち上がり、ゆっくりとした足取りで帰っていった。多言は要しないだろうというように。

去っていく老人の背中に、深く頭を下げた。

蔵守が第一とすべきは、蔵を「いかに」守るか、ということで、「私が」守る必然性など何もなかった。私の保身や自負や矜持など、蔵にはまったく関係のない話なのだ。

「すまないな」

壁にそっと手を触れる。報われぬ仕事であることは、充分に理解しているつもりだった。だが何十年もこうして立つうちに、無意識に見返りを求めようとしていた自分に気付かされる。蔵を守れるだけで幸せだった若い頃を思い出した。

——これは……

指先が、久しぶりに蔵の「息吹」に触れる。何年ぶりだろうか？　何の作用かはわからなかったが、蔵は、本当に時折、こうして「生命の証し」とも思える動きを見せることがある。

離れた場所に立っていた見習いを呼び寄せた。

「触ってごらん」

「いったい何を……」

彼女は未だに反抗的な態度を崩していなかったが、私の様子に今までの敵意がないのがわかったのだろう。言われるままに、壁に手を添えた。

「わかるかい？」

しばらく不審げな表情だった彼女は、ふいに動きを止めた。ためらいがちに、何度も確かめるように壁に触れては離すを繰り返し、やがて引き寄せられるように耳を寄せた。

私もそれに倣う。遠く響く海鳴りのように、蔵の静かな息吹が寄せては返す。語りかけるように、遠い昔を呼び覚まそうとするかのように。

「何かを語りかけようとしているみたい。でも、なんだか悲しそう」

素直な言葉が彼女の口から洩《も》れる。驚いて、壁から耳を離して彼女を見つめた。私が感じていたのもまさに、蔵の悲しみだったからだ。

「そうか、わかるか……」

そうして、その日は二人でずっと、蔵の息吹を感じ続けていた。

七

略奪者の存在。

それは私が蔵である限り、避けて通ることはできません。

略奪者とは、存在を脅かす忌避すべき敵ですが、同時に、蔵を蔵たらしめる絶対者でもあります。夜の闇が訪れるからこそ、星が輝きを主張できるようなものです。守り続ける意志をたゆまず維持し続けられるのは、蔵を狙う略奪者がいるからに他なりません。

「本当に、略奪者なんて来るのかい？」

ミサゴは、時に懐疑的に尋ねます。「空から見たって、そんな奴は影も形もありゃしないよ」と続けることもありました。

「略奪者がいるからこそ、蔵が存在するんです」

私の答えは簡潔でした。考えるまでもありません。略奪しようとする者がいなければ、蔵が存在するはずはないのですから。

「だけどこの蔵は、一度も略奪にあったことがないんだろう？」

確信に満ちた態度が気に入らないのか、ミサゴは挑発するように言い返してきます。

それでも、私の自信が揺らぐことはありません。

「過去に略奪を受けたのなら、この蔵は既に蔵ではありませんから」

略奪されれば、二度と蔵として再生することはありません。ですから、私の中に略奪の記憶は存在しません。略奪者がどんな形でやってくるのか、蔵の中身をどうやって奪うのか、そしてその時私がどうやって「守る」のか、それらをまったく知らないのです。

私は常に、経験したことのない略奪者の到来に備えて、守りの意識を高め続けています。

◇

略奪者の存在。

それは私が蔵守である限り、避けて通ることはできない。

略奪者とは、絶対に阻止すべき宿敵であると同時に、蔵守を蔵守たらしめる鏡のような存在でもある。略奪者という鏡を得て、蔵守はその姿を明確にすることができるのだ。

片や「守る」、片や「奪う」という目的の違いこそあれ、蔵があってこそ存在が認められるという点において、離れがたく結びついている。

「本当に、略奪者なんて来るんでしょうか？」

蔵守見習いが、隣で私と同じように前を見据えたまま尋ねる。蔵の息吹を共に感じて以来、彼女は少しずつではあるが、心を開くようになっていた。

彼女の言葉には、恐怖と共に、かすかな疑念が含まれていた。

「略奪者がいないのなら、蔵は存在しないよ」

簡潔に答える。考えるまでもない。略奪しようとする者がいなければ、蔵が存在する必要はないのだから。

「だけど、この蔵は一度も略奪にあっていないんですよね？　それに……」

そこまで言って、彼女は口を噤《つぐ》んだ。続く言葉はわかっている。「あなたも、略奪を経験したことはないんでしょう」と。それでも私の自信は揺るがなかった。

「略奪されていないからこそ、蔵がここに存在し、私が蔵守として立っているんだよ」

一度略奪された蔵は、「蔵」としての登録を抹消され、その蔵守は二度と蔵の前に立つことはできない。かつてその場所に蔵があり、蔵守がいたという事実そのものが抹消されてしまうわけだ。だからこそ、「略奪にあった蔵」も、「略奪を経験した蔵守」も、この世界には存在し得ない。

記憶は分断され、経験は重ねられない。

それは、杓子定規《しやくしじようぎ》な委員会の決定した、経験を活《い》かすことのできぬ措置であるとの批判もある。だが私とて、略奪された蔵など見たくはなかったし、略奪を受けた蔵守に接することで、自分の蔵守としての純粋性を汚されることも真っ平だった。

蔵守は常に、経験したことのない略奪者の到来に備え、守りの意識を高め続けているのだ。

八

「あれは、何をやっているんだろうね？」

ミサゴが屋根の上から、興味深げに人間の行動を追っています。

その人間はもう長い間、私の前に立っています。意思は通じ合えませんが、思いは動きでわかります。彼もまた私と同様に、蔵を守ろうとしているのです。人間の間では蔵守と呼ばれているこの存在は、蔵の前に立つことで、何かの役に立っているつもりなのです。

蔵は個にして完全独立なる存在です。誰かに守られる必要はないし、ましてや、あんな卑小な存在である人間ごときに、蔵を守ることなどできるはずもありません。

「何だか、最近二人になってるね」

ミサゴの言う通り、ずっと一人だった人間が、最近は二人になっています。今日はなにやら蔵に細工を施そうとしているようです。

「蔵を守ろうと必死になってるよ。かわいいもんじゃないか」

からかうようにミサゴが言います。私が蔵守という存在をうとましく思っているのを知ってのことです。

「守るだなんて！　彼らは蔵に寄生しているだけですよ。大きな動物の背中に、餌のおこぼれに与ろうと鳥が乗っているようなものです。蔵には関係ありません」

私の言葉に、今度はミサゴの方が気を悪くしてしまったようです。

「よしとくれよ、なんだかあたしもそうだって言われてるみたいじゃないか」

ミサゴは居心地悪そうに足踏みし、無益な作業を続ける人間の様子を見下ろしました。

◇

「これは、何のためにやるんですか？」

見習いの彼女が、作業の様子を興味深げに覗き込んだ。私は手を休めずに答える。

「いつか飛べるように、と教わってきた」

「飛べるって、蔵がですか？」

要領を得ない顔になる。比喩的な表現なのか、それとも言葉通りなのかを見極めきれぬ様子だった。

「実のところ、私にもよくわからないんだ」

「わからない？」

「先代の蔵守は、そのまた先代の蔵守に教わったらしい。私にも、技術は教えるが、その意味はわからないと言っていたよ」

「じゃあ、もしかすると、やってもまったく意味がないってこともあり得るんですよね？」

遠慮がちに尋ねる彼女に、「そうかも知れないね」と前置きして告白する。蔵守の仕事のほとんどは、私自身にも意味や有効性が理解できていないことを。

「行い自体に意味はないのかもしれない。だが受け継ぐこと、受け継がれてきたことを守り続けることに意味があることもあるかも知れないと思ってね」

「守り続けることに、意味がある……」

自らの内に取り込める言葉であるかを確かめるように、彼女は私の言葉を反芻《はんすう》した。

やがて彼女は、私に倣ってメンテナンスの道具を握った。

作業がひと段落つき、腰を伸ばしながら蔵を見上げた。ちょうど、屋根の上で休んでいたミサゴが飛び立つところだった。

「あの鳥は、いつもあそこにとまっていますね」

「ああ、ミサゴだね」

「ミサゴ？」

その名に聞き覚えがあったのだろう。彼女は鳥の姿を見上げたまま、思い出そうとするように首をひねる。

「数年前に絶滅した鳥だよ」

矛盾した言葉に、彼女はきょとんとして眼を瞬《しばた》かせた。

ミサゴは数年前に最後の一羽が息絶え、絶滅が確認された。第一生き残っていたとしても、繁殖の場所もないこんな都会に棲《す》めるような鳥ではない。

それでもなお、ミサゴはあの場所にいる。

「目の前のことを、ありのままに受け入れること。私は蔵守になってからずっと、そうしてきたよ」

蔵とはいったい何なのか？　なぜ略奪者は蔵を襲うのか？　そして、蔵の中には何が入っているのか？　蔵守の仕事には、疑念を持てば、仕事の意味を根底から覆しかねない数々の謎があった。

だが私は敢えて、それらの疑問を考えないようにしている。眼を逸《そ》らしているのでも、見えないフリを決め込んでいるのでもない。蔵守に必要とされるのは、眼に見える事象を超えてどれだけ心を乱さず、強い意志を持ち続けられるか、ということなのだから。

人から見れば非科学的で、今の時代には流行らぬ考え方かも知れない。だが私は、受け継がれた思いには意味があるのだと信じている。そして、蔵守になるとは、その思いをもまた受け継ぐことなのだと。

飛び去るミサゴの姿を追う見習いの彼女の背中を、私は複雑な思いで見つめていた。

九

なぜ、蔵が存在するのでしょうか？

蔵の中にあるものを守るためです。

それは、決して奪われてはならないものなのです。

「そんなこと言っても、あんたは蔵の中身を知らないんだろう？」

相変わらずミサゴは皮肉たっぷりに揶揄します。愚かしさを私自身に理解させようと目論《もくろ》んでのことでしょうが、私は愚直を装ってうそぶきます。

「中身を知ったからって、守る意志が変わることはありませんから」

ミサゴは、呆れたように首を振りました。

「まったく、あんたは長生きできるよ。きっとね」

「ありがとうございます」

私の態度は、いっそうのんき者としての烙印《らくいん》を押させてしまったようです。

ミサゴに言った言葉は、虚勢でも誇張でもなく、私の本心そのものでした。

蔵が造られた以上、中には守るべき何かが存在するのでしょう。ですが、それ以上を知る必要はありませんし、知ったとしても、おそらく私にその価値はわかりません。

私が守ることを存在意義として生まれてきた以上、中身は守るべきものなのです。

ですが、私の中の「存在」は、私の守る意志を理解しているのでしょうか？　彼もまた私の一部であるならば、彼も同じ思いを持ってくれなければ、蔵の守りは完璧ではなくなってしまいます。

◇

なぜ蔵守が存在するのか？

人々は、蔵の中身を奪われぬため、と答えるだろう。

だが、そうではない。蔵守は、中身にかかわらず、蔵を守り続けるのだ。

日没後、詰所でお茶を沸かし、見習いの彼女とともに、短くはあるが安らいだ時を過ごす。

「蔵守さんは……」

彼女は私をそう呼ぶ。蔵守となったその時から固有の名前を失ってしまうので、そう呼ぶ他はないし、その呼ばれ方で支障は無かった。

「どうして蔵守になろうと思ったんですか？」

薪《まき》の爆《は》ぜる乾いた音と、お湯の沸く音だけが部屋に響く。昔より遠ざかった海からの風も、部屋の中までは届かない。

「私に言わせれば……」

薬缶《やかん》をストーブから下ろし、お茶を淹《い》れて二人分の磁杯《じはい》に注いだ。先代の蔵守は、質素な生活を心がけていたが、お茶にだけはうるさかった。

「なぜ人々は、蔵守になろうと思わないのだろう」

彼女は、冗談かどうかを判断しかねた様子で、手にした磁杯に視線を落とした。

「君は、どうして蔵守になろうと思ったんだい？」

同じ質問を返す。彼女は眼を伏せたまましばらく考えていた。

「蔵守の、ただ守るっていう、愚直だけど、まっすぐな使命に惹かれたんです」

言葉通りの思いの込もった瞳が向けられる。私は微笑んで受け止めたが、心の中に後ろめたさも芽生えた。

「蔵の中身を知っているのかい？」

「いいえ、それは教習所での研修でも、一級機密であるとして教えてもらえませんでした。でも……」

首を振って、彼女は窓の外の蔵を見つめた。

「決して、何者にも奪われてはならないもの、と教わっています」

守る者としての使命感が伝わってくる。私は一瞬言葉につまり、気取られぬように平静を装う。

「その通りだよ」

磁杯を手にして窓際に立つ。今夜も蔵は、自らの思いを放射するかのように、建物全体からほの白い光を発していた。

いずれ彼女は、私の知識、経験、歴史のすべてを受け継ぎ、一人前の蔵守として蔵の前に立つだろう。彼女が、どんな形で私から引き継ぐことになるかは、今はわからない。

だが、一つだけ確かなことがある。

蔵の中に入っているもの。それを伝えることが、私の蔵守としての最後の仕事になるだろう。

十

私の意志は、受け継がれるのでしょうか。

　少しずつ大きくなってゆく「存在」に対して、私は不安とも、諦めともつかぬ静かな感情を抱くようになっていました。自身の内側を探るたびに、以前より大きくなっていることがわかります。

「また少し、成長したようですね？」

　意思の疎通はできないとわかっていながら、話しかけるのが日課になっていました。

「あなたは、私に取って代わるつもりですね。そうでしょう？」

おぼろげに感じていました。成長し続ける「存在」は、いつか私を凌駕《りょうが》し、私の座を奪い取ってしまうだろうと。

　――その時、私は消えるのでしょうか？

　自問してみても、経験のないことに答えは見つかりようもありません。ですが、もしそうであれば、それは人間の言う「死」と同じではないでしょうか。

　私には死への恐れは存在しません。永遠の「無」が訪れるという、ただそれだけのことです。

ですが今、私の中には、別種の恐れが生じていました。

「存在」は、私の守りの意志を受け継いでくれるのでしょうか。それともただ、蔵としての私の座を奪うだけなのでしょうか。

守り続けた意味が失われてしまうことには、大きな恐れを感じてしまいます。

◇

私の意志は、受け継がれるであろうか。

見習いの彼女は、すぐ隣で私に倣って直立不動で立ち、一心に前を見据えていた。

すっかり蔵守の顔になり、瞬時も怠りなく「その時」に備え続けている。まだまだ肩に力が入りすぎてはいるが、技術だけならば、もはや立派な蔵守だった。私が実習の終了を告げ、管理委員会に報告すれば、彼女はこの蔵の新しい蔵守となり、私は任を解かれる。

蔵守の任を全うした者は、一生を暮らすに充分な報奨金と、豪勢な家を支給されて、余生を過ごすことができる。何十年もの間、休むことなく、人生を犠牲にして蔵を守り続けたのだ。それくらいの特権は当然許されるであろう。

それは、蔵守の中でも、ほんの一握りの者だけが得ることのできる、理想の余生だった。

「理想の余生、か……」

小さく呟いてみる。自分のために用意された言葉であるようには思えなかった。

「何か言われました？」

視線は正面に据えたまま、見習いの彼女が尋ねる。

「いや、何でもないよ」

蔵守としての技術は受け継ぐことができる。だが、思いは受け継ぐことができるのだろうか。

十一

役目を終えるとき。

私はそのときを、静かに受け入れようとしています。

もはや私は、「存在」に敵意は抱いていませんでした。もちろん相手を認めたわけではありません。ですが、現にそこにあり、おそらくこれからもあり続け、そして私にはどうすることもできない相手に、敵意や悪意を抱き続けることに疲れてしまったのです。

——これが、疲れというものか……

知らずにいた感情を初めて感じることができて、思わず苦笑してしまいました。ミサゴが不審げに首をひねります。

「何を笑ってるんだい？」

「いえ、また一つ、感情を学習することができたんです」

外に向けて守り続けてきた私が、内側からの、攻撃とも取れない「成長」によって自らを失おうとしているのです。それに対して、私の「守る」意志は何の効果も上げられぬということがこっけいでした。苦笑するしかないでしょう。

私は何のために蔵を守り続けてきたのでしょうか。

◇

役目を終えるとき。

私はそのときを、静かに受け入れようとしている。

夜、詰所で一人になり、私は金庫の鍵を開けた。中には、蔵守継承の確認書と、解任の手続き書類一式が入っている。この書類に記入してしまえば、私は任を解かれ、「理想の余生」を送ることができるのだ。

「結構なことじゃないか」

自らに言い聞かせるように独りごちた。もう何十年も、この場所から離れていないのだ。自由になってしばらくは、大きく変貌を遂げたであろうこの国を旅してまわろう。ずっと帰ることのなかった故郷に戻り、死に水を取ることもできなかった両親の墓参りをしよう。何か趣味を見つけて没頭するのもいい。

愉快な想像であるはずが、心は弾まなかった。

ため息をついて書類を押しやる。もう何日も、書類を金庫から出しては、書きあぐねて再び仕舞い直す、を繰り返していた。

私の思いなど斟酌せぬように、窓越しの蔵は、変わらぬ静かな光を発していた。

私は何のために蔵を守り続けてきたのだろうか。

十二

略奪者がやってきます。

初めての経験でしたが、すぐにわかりました。ある種の動物たちが、天災の到来を予期しうるようなものです。

ミサゴが、いつもの優雅な飛翔など忘れてしまったかのように羽をばたつかせて屋根に降り立ちました。勢い余って落下しそうになったほどです。

「とうとう、来るみたいだね」

「そのようですね」

「どんな気分だい？　略奪されるってのは」

基本的に「高みの見物」を気取るミサゴは、こんな際でも皮肉な口調を崩そうとはしません。

「いつもと変わりはありません。私は常に、この時に備えていたのですから」

ミサゴは、しばらく言葉の真偽を確かめようとするかのように首を傾《かし》げていました。

「あんた、何だかうれしそうだね。自分が襲われるってのに」

そうでしょうか。私は喜んでいるのでしょうか？　よくわかりませんでしたが、かつてなく心がざわめくのは感じていました。

「いくつかの感情を理解できないままに終わってしまうことは心残りですけれどね」

「なんだいそりゃ？」

「そうですね、たとえば、愛情でしょうか」

少し気取って言うと、ミサゴは噴き出しました。

「愛情だって？　あたしゃそんなもんとっくの昔に忘れちまったよ。ダンナも子どもも死んじまったしね」

自分にもそんな時代があったと思い込んでいるような口ぶりです。私と同様、「ずっと前」から老いた姿のまま変わることがないミサゴは、いったいどんな存在なのでしょうか。

ですが、詮索《せんさく》する必要もありません。ミサゴがどんな存在だとしても、私の数少ない、いえ、唯一の話し相手であったことに違いはないのですから。

「とばっちり受けないうちに、あたしゃ行くよ」

さばさばとした様子を無理に態度に表そうとしているのか、ミサゴは殊更そっけない口調で、羽を広げました。

「楽しかったよ。あんたがいなくなるってのは、ちょっとばかし寂しいけどね」

ミサゴらしくない感傷的な言葉に思わず笑いながら、別れの挨拶代わりに、心の内に生じた不思議な思いを口にしました。

「だけど変ですね。なんだかまた会えるような気がするんですよ」

ミサゴは、羽を止めて振り返りました。

「そうなるといいね」

気休めでもない風に言って、ミサゴは飛び去りました。いつもとは違う方向です。遠く、微かな点となって、姿を見分けられなくなるまで、ミサゴはひたすらまっすぐに飛び続けました。

◇

略奪者がやってくる。

初めての経験だったが、すぐにわかった。予感や直感というようなものでもなく、季節の訪れを知るように、私はその事実をただ受け止めた。

冬のある日、あと一時間ほどで日没という頃だった。略奪者が到来するというのに、目の前にはあまりにも変わらぬ時間が流れていた。釈然とせぬ思いで、街の風景の中に、いつもとは違う兆候を感じ取ろうとした。

だが考えてみれば、「その時」が特別な日であるわけもない。私は嵐が訪れる前の、変に穏やかに雲が流れる空を思い起こしていた。

「とうとう、来るようだね」

石段に座っていた老人が、新しい季節の到来を告げるように言った。幾多の辛苦や艱《かん》難《なん》を乗り越えてきたであろう老人の言葉は、感傷の色を見せず乾いていた。

「そのようですね」

正面を見据えたまま、私は答える。その声がいつもと変わらぬことに、自分自身驚いていた。

「あんたには、理想の余生を送って欲しかったんだが」

「そんな生活を自分が送っているところなど、想像したこともありませんでしたよ」

老人は、言葉の真偽を確かめようとするかのように、しばし口ごもった。

「フム……、蔵守として生まれ、蔵守としての職責を全うする、というわけか」

「はい」

人々は仕事を終え、足を速めて家路を急ぐ。周囲の雑多な建物は、くすんだ街の色の一部となり、夜を纏《まと》う準備を始めていた。都市高速の高架橋では、隊列を組んで水場へと旅する草食動物のように、従順な車列がのろのろと進んでいた。

何も変わらない。

そして、変わらぬ日々の営みの一つであるかのように、略奪者がやって来ようとしている。

老人は、ゆっくりと立ち上がった。

「そろそろお暇するよ。あんたもいい話し相手だったが」

「お元気で」

皺の刻まれた顔には、漂泊し続けた流木のように乾いた表情が浮かんでいた。幾多の運命の変遷を見てきたからこその静かな眼差しが、蔵に、そして私に、等しく向けられる。

老人を見送り、私はその後ろ姿に目礼した。蔵守見習いが、不思議そうに私を見ていた。

「どなたかとお話しされていたんですか？」

目の前で老人との会話を見ていたにしては、おかしな言葉だった。私の怪訝《けげん》な顔に、彼女は遠慮がちに言い添えた。

「いいえ、時々、蔵守さんが、誰もいないのに会話するみたいに独り言を言われるのが気になって……」

「独り言……？」

彼女には老人の姿は見えてはいなかったのだろうか。

もしかするとそれは、私だけに見える、かつての蔵守たちの思いが結晶化した姿だったのかもしれない。

だが、深く考えている暇はなかった。彼女はまだ略奪者の到来に気付いていない。

「作業を始めるよ」

「え？　は……、はい」

今日はメンテナンスの予定日ではなかった。彼女は少し戸惑った様子だったが、従順に近寄った。私に寄せる信頼と、すべてを学び取ろうとする熱意とが、痛いほどに伝わる。

彼女の未来、蔵を待ち受ける運命、そして蔵守として生きることの宿命……。様々な思いが胸に渦巻き、一気に溢れそうになる。私はそれを必死に封じ込めて、静かに作業の準備を整えた。

「その時」が来たらすべきこととして伝えられてきた作業だ。蔵の壁面の回路すべてを統括する、今まで決して触れてこなかった一本の回路を切断する。意味はわからなかったが、それが蔵を守ることに繋がるのだと教えられてきた。

「覚えておきなさい。これが最後の作業だ」

彼女はようやく事態を把握し、怯《ひる》んだように周囲を見渡し、耳をそばだてた。やがて彼女にも、その気配は伝わったようだ。

「今すぐに、蔵から離れなさい。何があっても決して振り返らず、東を目指すんだ」

従順に教えを守ってきた彼女だったが、今度だけは従えぬとばかりに、再び蔵の前に立ち、守りの姿勢に戻った。

「私も……、私も蔵を守ります」

張り詰めた声に、悲壮な決意がこもっていた。彼女がそう言うであろうことは、半ば予測できていた。

「いや、君はまだ蔵守ではない。蔵を守る必要はない」

「それでは今すぐに、私を蔵守にしてください。私はもう、蔵守になることができるはずです」

身に付けた使命感は、まさしく蔵守ならではのものだった。だからこそ私は首を振ったのだ。「未来の蔵守」のために。

「今なら、君はまだ、他の蔵で蔵守になることができる」

一度でも略奪を受ければ、二度と蔵守になることはできない。若い彼女の未来を、ここで断ち切ってしまうわけにはいかなかった。見習いのままここを逃げ切れば、いくらでもやり直しはきくだろう。

彼女も、私の思いは察しているようだ。だが蔵守としての使命感が、安易にその道を選ばせなかったのだ。

「君には蔵守としてやるべきことすべてを伝えた。まだまだ守るべき蔵はたくさんあるんだ。だれかが受け継いでいかなければならない。それを私は、君に託したいんだ」

先代から受け継いだ道具箱を、彼女に差し出した。固辞するのを無理やり受け取らせる。もう私には必要なく、そして彼女には必要になるものだった。

「だけど、蔵の中身を略奪者に奪われたら……」

心の内の葛藤と戦いながら、彼女は蔵を振り返った。私は、最後の教えを告げる時が来たことを知る。

「一つだけ、伝え忘れていたことがあった」

それは、「伝え忘れ」ではなかった。伝えるべき時を失したまま、今日まで先送りにしてきただけだ。

「この蔵の中には、何もないいんだよ」

彼女は、拍子抜けしたように肩をすくめる。

「それは表向きの委員会発表ですよね。人々の興味を蔵に向けさせないための」

「いや、本当なんだ」

真実を告げる苦悩と共に、私は重く首を振った。

「本当に、蔵の中には何もないいんだ。この蔵だけじゃない。この世界のすべての蔵の中には、何も入っていない。空っぽなんだ」

しばらく彼女は、口を開きかけては閉じるを繰り返した。どう言葉にすればいいのかがわからないのだろう。幼子のような頼りなげな表情で、蔵と私を交互に見た。

「じゃあ……、じゃあなぜ？　なぜ蔵を守るんですか？」

信じられないのも無理はない。自分の目指してきた仕事の意味が根源から問われる教えだったからだ。

「蔵がここにあるから、そして、私が蔵守だからだよ」

気負いもなく、虚勢でもなく、蔵を守ることに一生を捧げてきた男としての思いは、そんな簡潔な言葉で事足りた。

理解できぬというように首を振り続ける彼女の前に立ち、肩に手を置いた。

「今の君にはまだわからないかも知れない。だが、理由がわからずとも、守ること、守り続けること、そのことにこそ意味がある行為も存在するんだ」

彼女は唇を噛み、混乱を必死に抑え込んで、心を決めようとしていた。逡巡《しゆんじゆん》、迷い、そして希望と絶望……、様々な感情が彼女の胸に去来する様が伝わってくるようだ。

やがて顔を上げた彼女は、使命を果たそうとする者に特有の、静けさを湛《たた》えた表情で、私に頷いた。

「立派な蔵守になりなさい。君ならきっとなれるはずだ」

「はい！」

東に向かい、彼女はまっすぐに歩き始めた。

私はなぜ、東を目指すよう告げたのだろう。咄嗟《とつさ》に出た言葉だったが、なぜか確信に満ちていた。いつもとは違う方向へと飛び去るミサゴの姿に導かれるように、私はそう口にしていたのだ。

十三

静かな心で、私は待ち続けていました。

意思を蔵の回路の末端まで行き渡らせ、防御の意識を張り巡らせていきます。ですが私は、その先の未来も見通していました。私はおそらく、略奪者の前に敢《あ》え無《な》く蔵の守りを解き、中身を明け渡してしまうだろう、と。

その時私には、人間の言う「死」が訪れるのです。

私の中の「存在」は、この事態をまるで理解していないようです。ですが、これ以上思い煩わされる必要もありません。まさか略奪者が、こんな形で問題を解決してくれるとは思ってもいませんでした。

「もうすぐ略奪者がやってきますよ。私に取って代わるつもりだったのかもしれませんが、無駄だったようですね」

答えがないことはわかっていました。それでも言わずにおれなかったのです。言葉にすることで、いくらかは気分を落ち着かせることができました。

周囲を見渡します。習慣になったその行為も、これで最後になることでしょう。街には、略奪者の到来など無関係に、いつもと変わりのない時間が流れていました。

――いや……

何かが違います。それが何なのか、最初はわかりませんでした。略奪者の到来で、感覚に狂いが生じているのかとも思いました。

やがて、私は気付いたのです。その違いが、私の外側ではなく、内側に生じていることに。はっきりとした言葉にならない、ですが、何か必死な思いが伝わってきます。

——あなたなのですか？

信じられない思いで、「存在」に呼びかけました。

「存在」は、私に庇護を求めていました。全力で、全身で。まるで「彼」にとっての「世界」とは、「私」を意味するかのように、私だけに向かって一心に。

——もしかして、これは……

私は、「存在」に対してずっと抱き続けた違和感の源がわかりました。初めて生じた感情をうまく把握できずにいただけなのです。それは、内なる存在に対する愛おしさ。庇護すべき存在への「愛情」なのでした。

これは私に取って代わる存在ではなく、私の生み出した存在、すなわち、人間の言う「子」という存在なのではないでしょうか。私の中に宿った、新たな生命なのです。

ようやくわかりました。何のために、長い間、意味もわからず守りの意志を持ち続けていたのかが。それは、単なる自己保身のためではありません。この子を庇護するためのものだったのでした。

同時に私は、深い絶望に襲われました。

既に、略奪者は間近に迫っています。彼らが蔵を襲えば、私だけでなく、この子にもあっけなく「死」が訪れることでしょう。

一縷《いちる》の望みを託し、蓄積された記憶の中を探ってみます。どんな方法でも構いません。この子さえ逃がすことができるなら、私などどうなろうと。

それが、「愛情」という理不尽な感情による錯乱状態であることはわかっていました。それでも私は、微かな希望を求めて、記憶の隅々まで思考を伸ばしていきました。

ふと、一つの記憶に思い至りました。遠い昔、空高くから大地を俯瞰して眺めた記憶です。

——空を飛ぶことなんか、できるわけもない……

絶望的な思いに支配されて、重く呟きました。真実の記憶なのかもわからないし、第一、私は飛ぶ術を知らないのです。どうやってこの子に伝えられるでしょうか。

その時、何かが、蔵に起こりました。

まるで、「飛ぶ」という言葉が、新たな扉を開くための鍵であったかのように、今まで存在すら知らなかった回路が開きました。長年蔵に蓄えられた守りのエネルギーが、一気に私の子に向かって注がれます。

——そうだったのですね……

ようやくわかったのです。私の前に立つ人間が蔵にしてくれたことの意味が。私にはまったく無意味な行動としか思えなかったことの意味が。

彼は、そして彼の前に連綿と続く人間たちは、私が新たな蔵を生み出すその時のために、蔵を守り続けていたのです。

「ありがとう、蔵守よ」

私は初めてその人間を、呼ばれるべき正当な名前で呼び、心からの感謝を捧げました。

今、私の子どもは守りの力を得て、幼い身体いっぱいに力を満たしています。この子は、ミサゴのように空を飛べるのでしょうか。新たな蔵としての生命を紡いでくれるのでしょうか。

私には、ただ祈るしかありません。私は、このために存在したのですから。この時のために、守り続けたのですから。

守りの意志を全身にみなぎらせて、私は略奪者に立ち向かいました。

◇

静かな心で、私は待ち続けた。

略奪者とはいったい何者で、何のために蔵を襲うのか、私には知る由もなかった。だが私は思うのだ。彼らは略奪者ではなく、本当は解放者なのかもしれないと。そう、私にとっての。

いつとも知れぬ「その時」があるからこそ、私は守りの意志を持ち続けられた。略奪者は、私を解き放つ存在だった。

略奪者の到来が、私を私たらしめるのだ。

蔵は、最後のその時が迫っても、何の変化も感じられなかった。結局、私が受け継いできた蔵守としての仕事は、何の意味もなかったのかもしれない。

蔵にとって、私は必要な存在だったのだろうか。

略奪者を前にして、なんと私は無力なのだろう。それでも今、この蔵と半生を過ごしてきたことに、一片の後悔もない。私は今この瞬間も、全身で、全霊で、蔵を守り続けているのだ。

「ありがとう、蔵よ」

守りの意志を全身にみなぎらせて、私は略奪者に立ち向かった。

十四

「突入班より報告。現場確保、作業終了しました」

無線機ごしの突入班長の声が、粗く無機質なものに変換されて響いた。

間断なく響いていた爆音が途切れたことで、「現場」から一区画離れたこの現地本部でも、「作業」の終了は予見できていた。

「了解。被害状況を報告せよ」

無線機を手にして応答する。私の声も、突入班長の元には異なって聞こえるのだろうかと、ふと思う。

現場からの応答は思ったより早く、というより、即座に返ってきた。確認の必要もないし、間違うこともないというように。

「人的被害ありません。引き続き、態勢Cに移行します!」

「了解」

防塵用のゴーグルを外した。突入時の煙幕が次第に薄らぎ、建物が再び全貌を現した。制圧後に特有のドーム状に変化している。もはや、かつて「蔵」と呼ばれた建物の面影は、微塵も残っていなかった。

もちろん蔵は、我々の攻撃に甘んじることなく、持てる限りの力で反撃してくるのだが、所詮は多勢に無勢だ。

装備の近代化、および蔵に関する情報の蓄積によって、近年我々の「作業」は、迅速かつ効率的に行われるようになっていた。結局のところ、我々には習熟の機会が与えられているが、蔵にはそれがないという、単純だが大きな違いがあったのだ。

慣れた分だけ被害が軽減されたのは喜ばしいことだったが、「慣れる」ほど頻繁に、この作業に従事している現状に、かすかな罪悪感と絶望とを感じてしまう。

周辺の住民たちが、遠巻きにして我々の「悪行」を見つめていた。銃器を持った無法者である我々に異議を唱える者はおらず、立ち向かってくるほどに蔵に対して執着や愛着を持っているわけでもない。人々は、蔵の中には何も入っていないと思い込まされているのだから。だが、向けられた悪意だけは、敏感に感じ取ることができた。

「略奪者、か……」

敢えて世間で呼び習わされている蔑称で、自分たちを呼んでみる。

いったいいつまで、「略奪」の汚名を被り続けなければならないのだろうか。終わることなき汚れ役を買って出た我が身を顧みて、やるせなさがつのる。

我々の所業は、社会体制の平穏なる維持のためにも、略奪であり続けなければならないのだ。たとえそれが人々を「守る」ための行いであるとしても……。

――考えても仕方がない――

たとえ未来が見えなくとも、定められた役割を果たすしかなかった。思いを振り捨てるようにして、すっかり鎮まった蔵に向けて歩き出した。

「班長、ご苦労」

突入班長は、私のねぎらいにも心ここにあらずといった風で、蔵を見上げていた。

「どうした？」

「いや……、なんだか、蔵の反撃がいつもと違ったような気がして」

「違うって？」

班長は腑に落ちぬ顔で、蔵の壁面をしきりに撫でていた。回路は既に消え去り、脈動の気配はない。維持活動の終焉《しゅうえん》を示していた。

「何かを、守ろうとしていた……」

「蔵が自分を守ろうとするのはいつものことじゃないか」

「そうじゃない。いつもの自己防御のための防壁殻じゃない。もっと何か、自分以上に大切な存在を守るために捨て身になっていたっていうか……」

「自分以外の大切なものなんて、蔵にあるわけがないだろう？」

首を傾げる班長を残し、私は周囲を確認した。

蔵守の死体が転がっていた。我々は、作業を妨害する者への合法的な「排除」の権限を与えられている。たとえそれが、同じ管理委員会監督下の蔵守であってもだ。圧倒的な武力の差によって、一人で立ちはだかっても何の意味もなさないことは、彼自身もよくわかっていたはずだ。

だがその死に顔は、理想の下に斃《たお》れた者に特有の安らかさに満ちている。これまで回収作業を行ったどの蔵の蔵守もそうだった。

彼らの死を「愚かな死」であるとは思えなかった。彼らも私たちも、立場こそ違え、蔵のために人生を捧げたのだ。私たちの誰一人として、彼らの姿を笑うことができる者はいなかった。

誰からともなく亡骸の前に整列し、黙禱《もくとう》を捧げる。それはいつのまにか、我々の中での定まった儀式になっていた。

「本部に連絡しよう」

気持ちに区切りをつけるように、通信機を手にした。突入班長の感じた蔵の「違い」については、検証できないことであるから報告するまでもないだろう。

「管理委員会へ、こちら略奪……いえ、回収班。中身の回収、完了しました」

十五

「回収班より報告ありました」

いつのまにか、オペレーターが目の前に立っていた。彼女の言葉を理解するのに、しばらく時間がかかった。

自分の人生には無関係と言わんばかりの事務的な態度での「報告」は、現場から私を遠ざけたし、「回収」という巧妙な言い換えは、事の本質を意図的に覆い隠すものだったからだ。

とはいえ、遠く離れた場所で報告を受けるだけの自分に、そんな事を言う権利があるとも思えなかった。それに、そういう言い回しをすることは、彼女の責任ではない。

「蔵の中身は？」

職責として、最優先で確認すべきことだった。だが最近は、報告を聞くのが恐ろしかった。使命感を奮い立たせ、平静を取り繕って尋ねる。

「測定結果報告します」

オペレーターが、送付されてきた報告書をめくり、事務的な声で数値を読み上げる。思わず顔を上げた。オペレーターの生真面目な表情にぶつかる。

「たったそれだけか？　間違いないのか？」

覚悟はしていた。ここ数年の傾向から、蔵の中身にかつてほどの量が見込めないということは。だが告げられた量は、私の悲観的な予想すら下回るほど少なかった。

「通常通り、三度測定しております。測定誤差０・２パーセント。間違いありません」

「そんな量では、すぐに次の蔵を略奪しなければならないではないか！」

憤りを、眼前の相手に向けてしまった。「略奪」という公的ではない表現もつい口をついて出てしまう。

「お察しします」

彼女は、あくまで事実の報告者としての立場を崩さず、形式ばかりの感情の共有を示した。

管理委員会主導による蔵の「略奪」は、近年ますます頻度を増している。蔵を破壊することは、先細る断崖に向かって歩を進める自滅行為であり、同時に、最悪の事態をわずかでも先延ばししようとする悪あがきでもある。我々人間は、その宿命から逃れる術を持っていないのだ。

最初の蔵が破壊されたのは、それこそほんの出来心のようなものだったろう。先人の知恵すべてが軽んじられ、否定された時代のことだ。「決して蔵を開けてはならない」という、単純ではあるが呪縛のごとき戒めは、何の効力も持ち得なかったのだ。なぜ、我々は気付かなかったのだろう。受け継がれたことを守り続けることに意味がある、と。

いくつもの蔵が破壊された。蔵の中身は、未知なる物質ではあったが、何の役にも立たぬ代物だった。いくつかの蔵を襲い、中身がすべて同じであることを確認した当時の人々は、途端に蔵に関する興味を失い、中身は放置された。

蔵の中身が人体に害を及ぼしだしたのは、それからしばらくたってからのことだ。蔵から出して一定期間が経過すると強烈な毒性を持つということを、当時の人々は知る由もなかった。

「謎の奇病による大量死」として、事件の原因は徹底的に隠蔽され、人々は、蔵の中には何も存在しないと信じ込まされた。

だが秘かに調査は続けられ、毒性を持った蔵の中身は、新たな蔵の中身を加えることによって、一時的ではあるが中和できることが科学的に証明された。以後、この悪夢のごとき悪循環が始まったのだ。

——せめて蔵を人為的に作ることができたなら……

適わぬ願いとは知りながら、どうしてもそう思ってしまう。一度開封した蔵は、二度と蔵としての機能を取り戻せず、中身を保護することはできないのだ。

この事態は、いったいどうやったら終息させ得るのか。科学者も、政治家も、明確な解答を導き出せないまま、我々は破滅への道を突き進んでいる。

「蔵に聞けば、取るべき術がわかるのかもしれんな」

それは、管理委員の間での使い古された冗談だった。蔵は何も教えてはくれない。ただそこにあり続けるのだ。人がこの世界に生まれるずっと前から。我々人間は、決して関わってはいけなかったのだ。

「蔵守、死亡確認されました」

オペレーターは、私の物思いを遮ってよいものかどうかを冷静に判断しながら、報告書を読み進めた。

「また一人、死んだか……」

蔵守には、略奪者の到来を前に、蔵からの退避を義務付けている。それなのになぜ彼らは、蔵と運命を共にするのだろうか。

「形だけの守番だということは、自分たちでもわかっているだろうに」

現在の蔵は完璧な機械警備の下に置かれている。蔵守は法律上人的警備を無くすことができないという理由から置かれているだけの、形骸化した存在である。それに蔵守も、蔵の中には何も存在しないと思い込まされているはずだった。それなのになぜ？

「相変わらず、不可解な行動を取っていたのか？」

「その点については、回収班の報告範囲外です」

蔵守は、自らの職務に忠実だ。彼ら旧世代の蔵守は、連絡を取り合うわけでも、技術を共有するわけでもないのに、なぜか皆、独自の形で蔵を守り、最期を共にするのだ。

「あの蔵には、蔵守見習いがいたはずだが？」

委員会で教育した見習いの第一陣の一人が、今回の蔵には派遣されていた。

「遺体確認されておりません。避難したものと思われます」

「連絡は？」

「ありません。通信端末は、電源が切られています」

想定外の行動だった。蔵守見習いは、新設された教育班が、自信を持って送り出したはずだった。

「新体制の蔵守も、古い蔵守に感化されたというわけか……」

「報告書からは判断できかねます」

オペレーターは、杓子定規にそう答えた。

十六

わたしは蔵守さんに言われた通り、ずっと東を目指した。

いや、初めは確かに「言われた通り」だった。だが今は、確かな目的と意志とを支えに、わたしは歩き続けていた。目指す先に何が現れるのかはわからない。それなのに、何らかの確信が一歩ごとに高まっていた。

教習所で受けた研修では、蔵を略奪された場合は速やかに蔵を離脱し、もっとも近い支局に身を寄せることとされていた。それなのに今のわたしは、規則に反して何処《いずこ》とも知れぬ場所に向かい、通信端末の電源さえ切ってしまっていた。通信可能であれば、呼び戻されることが目に見えていたからだ。

規則を破ることなど、教習所時代のわたしには考えもつかなかった。規則違反で蔵守になる権利を剝奪されるかもしれないのに、そんな思いを超えて、何かが私を駆り立てる。

「今頃、蔵は……」

略奪の運命を逃れえぬ蔵、そして蔵を守るとはどんなことかを身を以て教えてくれた蔵守さんのことを思うと、何度も振り返りそうになり、必死に耐えた。メンテナンス道具が肩に喰《く》い込む。託されたものの重さを教えるようだ。

どれほどの月日が経ったのだろう。いくつもの街を通り過ぎ、もはや自分が何のために歩き続けているのかもわからなくなっていた。

疲れて足が止まり、思わず見上げた空に、旋回する影を見た。

「……ミサゴ？」

毎日蔵の屋根にとまり、まるで蔵と会話でもするかのようにひと時羽を休めていたミサゴの姿に似ていた。もちろん、ここはあの場所から遠く隔たっている。同じミサゴであるはずはない。それでもわたしは、その姿に勇気づけられ、再び歩き出した。

ミサゴは、わたしがたどり着くのを待つように地面に降り立ち、そして飛び上がって消えてしまった。後を託したとでもいうように。

わたしを駆り立て続けたものが、そこにあった。

「これは……」

人の背丈ほどの、できたばかりの初々しい建物だった。引き寄せられるように壁に手を伸ばす。

わたしは既に、蔵守さんと同じものを感じ取ることができるようになっていた。それはははっきりとした脈動だった。無防備な脈動から、生まれ出た喜びと、世界への好奇心と不安とが伝わってくる。

この建物は、わたしが守らなければ、たやすくくずおれ、無くなってしまうだろう。庇護を必要としているのだ。まるで生まれたばかりの赤ん坊のように。

腕の通信端末の電源を入れて、本部への回線を開いた。

「こちら蔵守見習い……。いえ、訂正します」

蔵守さんに言われた最後の言葉が蘇る。彼の技術を、そして思いを、受け継いでいかなければならないのだ。たとえ理由がわからずとも。

わたしは、守りの意志を全身に充たし、正面に立った。

「こちら蔵守です。新しい蔵を発見。只今から、蔵を守ります」

解説――「なにか」について書いてある

高橋源一郎

三崎さんの小説は、「なにか」について書いてある。この『廃墟建築士』でも、同じだ――そう書くと、たぶん、「そりゃ、小説では、というか、なんでも、文章というものは『なにか』について書いてあるじゃないか」という人だって出てくるだろう。

でも、ぼくがいいたいのは、そういうことじゃない。もうちょっと微妙なことなんだ。そして、その微妙なことが、ものすごく大切だって、いうことなんだ。


この作品集には、四つの短編がおさめられている。タイトルは、順に、「七階闘争」、「廃墟建築士」、「図書館」、「蔵守」。では、それぞれの短編が「なに」について書かれたものかというと、「七階」について、「廃墟（建築士）」について、「図書館」について、「蔵（守）」について、書かれたものなのだ。なんだ、タイトルそのままじゃないか！なんてわかりやすいんだろう。

いやいや、たとえば、ドストエフスキーの『カラマーゾフの兄弟』だって「カラマーゾフの兄弟」について書いてあるじゃないかと、みなさんはおっしゃるかもしれない。でも、マジメに読んでみると、そこでは、別に「兄弟とはなになのか」について書いてあるわけではない。

小説というものは、みんなそうだ。恋人たちが出ているからといって、恋愛について書こうとしているわけではなく、戦争のシーンが連続しているからといって、なにより戦争について書こうとしているわけではない。強いていうなら、人間という怪しくも複雑な存在の有り様が書かれている。というか、そこでなにについて書いてあるのかを説明するのは難しい。小説というのは、そういうものなんだ。

でも、三崎さんの小説は、違うのである。

「七階闘争」は、「七階」について書かれた小説だ。ほんとにシンプル。ある時、ある街で、「七階」で殺人事件や自殺が多発する。なので、「七階」が廃止されることになった。そういわれると、なんだか当たり前の気がする。でも、困る人だっている。「七階」に住んでいる人たちだ。そういうのって、とばっちりなんじゃないか。「七階」で事件がたくさん起きるからって、「七階」のなにが悪いっていうんだ。でも、そんな風に文句をいっても、「世間」や「社会」は、とっくに「七階」なんかいらない、と思うようになっている。多勢に無勢だ。それに、「世間」や「社会」は、ただ「七階」をなくそうといってるんじゃなくて、「七階」によく似た他の階を世話してあげるよと親切にいっているのだ。それじゃあ、「七階じゃなきゃイヤだ」と言いつづけるのは、なんだかゴネてるだけみたいに見える。そして、「七階」に住んでいた人たちの大半は、他の階に移動することを受け入れる。でも、どうしても、それを受け入れることができない人たちもいる。そんな人たちは、「反対闘争」を始めるのだけれど、「世間」や「社会」の視線は、とても冷たいのだ。うん、確かに、ここでは「七階」について、いろんなことが書かれている。「七階」のことばかりが書かれている。おそらく、いままで世界文学史上で、これほど、「七階」について情熱的に書かれたものはないだろう。それは、とてもはっきりしている。でも、それにもかかわらず、ぼくたち読者は、なんともいえないビミョーな気分になってしまうのである。

　試しに、この小説で使われている「七階」ということばを廃止してみよう。ちょっと、ややこしいね、「七階」を廃止する小説の中で使われている「七階」ということばを廃止するっていうのは。とにかく、そうしてみよう。どうなるんだろう。

「　　　」が廃止されることになった。「　　　」で事件がたくさん起きるからって。そして、世間や社会は、「　　　」なんかいらないと思うようになった。でも「　　　」を大切に思っている人たちは、それに反対した。けれども、どんなに「　　　」を大切に思っても、世間や社会に反対しつづけることはできなかったのだ。

うーん、この「　　」の空白には「七階」ということばが入っていて、三崎さんは、その「七階」について、とても熱く書いていたのに、その「七階」ということばがなくても、通じるような気がするじゃないか。いったい、これは、どういうことなんだろう。

「廃墟建築士」は、「廃墟」を建築する人のお話だ。あれ？　廃墟っていうのは、建築物が自然に朽ちていった結果になるもので、「『廃墟』を建築する」って変じゃないだろうか。そんな気もする。でも、これはお話の中のできごとだ。この世界、この時代には、将来「廃墟」になるために、なにかのために使われるのではなく、最初から「廃墟」になるために準備された建築物もあったのだ。いわゆる「廃墟」ではなく、建築される「廃墟」（ややこしい）。というか、すぐれた「廃墟」を持つ国こそが、「文化」の発達した国であると見なされていたのである。そんな中で、主人公の「廃墟建築士」の弟子は、師である「私」を超える、巨大な規模の「廃墟」を建てつづける。「私」は、そんな弟子のやり方に、なんともいえぬ不満、いや、不信を抱くのだ。そもそも、「廃墟」とは、人が住み、生き、その長い時間の中で、朽ち果ててゆく中で、いつしかできるものではなかったのか。そもそも、「文化」とは、時間の中で生成するものではなかったのか。そして、ある日、弟子の作った「廃墟」が、「偽装廃墟」であることが発覚する。立派で、巨大で、人目を引き、羨望の的となっていたその「廃墟」は、促成栽培の偽物だったのである。「私」は、その事件の後始末を買って出た後、仕事を辞め、長い間、夢であった事業に向かう。それは、いつ終わるともなく作り続けられている「連鎖廃墟」の建築であった。遥《はる》か端では、とうに崩壊が始まっている巨大「廃墟」を作る人たちの群れに身を投じること。そこに行けば、「廃墟」の意味がわかるはずだった。永遠の中にあって有限でしかないものの意味が、である。

　いうまでもなく、この短編でも、徹底的に、「廃墟」のことばかりが書かれている。でも、それを読んでゆくと、読者であるぼくたちは、いつしか、目まいになったかのように、「廃墟」ということばが揺らめき、薄らいでいるような気がしてくる。「　　」を作り続ける人たち……すぐれた「　　」とは文化そのものだ……では「　　」を人工的に作ることに意味などあるのだろうか……「　　」に人生を捧げた者同士、口にせずともここに来た理由はわかってくれている……。

　ここでも、「　　」の中は「廃墟」ではなくてもかまわないような気がする。けれども、目を見開き、頁《ページ》を見ると、そこでは、「廃墟」というものについて、澱《よど》むことなく書き続けられているのである。

　まったく同じことが、「図書館」でも（なんと、かつて「図書館」は、「図書館」という名前ではなく、「本を統《す》べる者」と呼ばれ、意識を持った存在だったのだ。いま存在しているのは、建物に囲い込まれ、「図書館」という名前で呼ばれるようになった、なにものか、なのだけれど、実は、その奥底に「野生」の「（無）意識」（?）」を隠しもっているのである）、「蔵守」（この世界では、一つの「蔵」に、ひとりの「蔵守」がいて、その「蔵」を守っている。でも、その「蔵」の中に「なに」が入っているのか、つまり、「蔵守」が「なに」を守っているのかは、最後の瞬間まで読者には明かされない）でも、起こる。

三崎さんの小説は、他のどんな小説よりも、確かに、はっきりした「なにか」について書かれている。「七階」について、「廃墟」について、「図書館」について、「蔵」について。でも、そこに書かれているものが、はっきりすればするほど、その「なにか」は、魔法のように消え失せて、その代わりに、不思議な「　　　」が出現するのである。では、いったい、この、なんとも言いようのない「　　　」とは、いったい、なになんだろうか。

それは、要するに、「なにか」なのだ。じっと見ていると、最初に見ていたものとは異なったものに変化してゆく「なにか」、けれども、じっと見つめ続けていたいと思わせてくれる「なにか」、なんとなく知っているような気がする「なにか」、でも思い出そうとすると身体の奥底でちりちりとなんだか痛いような感じがする「なにか」。

たぶん、そういう「なにか」について、三崎さんは書いているんじゃないかと思うのである。

初出誌

「七階闘争」　小説すばる　２００８年７月号

「廃墟建築士」　オール讀物　２００７年３月号

「図書館」　小説すばる　２００８年10月号

「蔵守」　小説すばる　２００８年11月号

本作品は二〇〇九年一月、集英社より刊行されました。

三崎亜記の本

となり町戦争

ある日、突然に始まった隣接する町同士の戦争。公共事業として戦争が遂行され、見えない戦死者は増え続ける。現代の戦争の狂気を描く傑作。文庫版のみのサイドストーリーを収録。

バスジャック

いかに美しくバスを乗っ取るか。いかに多くの大衆の支持を獲得できるか。それが問題だ……。バスジャックがブームになった社会を描く表題作ほか、三崎ワールドを堪能できる傑作短編集。

集英社文庫

三崎亜記の本

失われた町

三十年に一度起こる「消滅」によって、住民が失われてしまった町。大切な人を理不尽に奪われた人々は、悲しみを乗り越えて、さらなる「消滅」を食い止めようと立ち向かう。

鼓笛隊の襲来

戦後最大規模の鼓笛隊が発生、勢力を強めながら列島に襲来する。直撃が予想される地域の住民は避難を開始するが……表題作をはじめ、日常に紛れ込んだ不思議を描く短編集。

集英社文庫

集英社文庫

廃墟建築士《はいきょけんちくし》

2012年9月25日　第1刷　　定価はカバーに表示してあります。

著　者　三崎亜記《みさきあき》
発行者　加藤　潤
発行所　株式会社 集英社
東京都千代田区一ツ橋2-5-10　〒101-8050
電話　03-3230-6095（編集）
03-3230-6393（販売）
03-3230-6080（読者係）
印　刷　凸版印刷株式会社
製　本　凸版印刷株式会社

フォーマットデザイン　アリヤマデザインストア　　マークデザイン　居山浩二

ISBN978-4-08-746880-9 C0193